KB233213

서울시 용산구 한남동 747-7번지 하얏트 호텔

오늘의 마지막 1초가 지나간다

하얏트에서 일주일을

ⓒ이재익 송지연 김남지 2013

초판 1쇄 인쇄 2013년 12월 24일
초판 1쇄 발행 2013년 12월 24일

글 이재익 송지연
사진 김남지

펴낸곳 도서출판 가쎄 [제 302-2005-00062호]

주소 서울 용산구 이촌동 302-61
전화 070. 7553. 1783
팩스 02. 749. 6911
인쇄 정민문화사

ISBN 978-89-93489-37-8

값 12000원

이 책의 판권은 지은이와 도서출판 가쎄에 있습니다.
이 책 내용의 전부 또는 일부를 재사용하려면 반드시 양측의 서면동의를 받아야 합니다.
www.gasse.co.kr

하얏트에서 일주일을

A week at the Hyatt

이재익
송지연 소설

김남지 사진

하얏트에서 일주일을_차례

      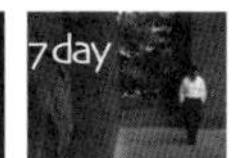

월요일　　9　　906호. 양희

화요일　　55　　제이제이 마호니. 태인

수요일　　97　　1103호. 제니

목요일　　137　　수영장. 애라

금요일　　179　　여보여보 클럽. 로미

토요일　　221　　하얏트. 사람들

일요일　　253　　라운지. 재익

하얏트에서 일주일을, 시작합니다

GRAND HYATT
외나무로
Hoenamu-ro

월요일. 906호. 양희.

하얏트로 가자.

그녀는 결심을 하자마자 택시기사에게 목적지를 정정했다.

"아저씨. 하얏트 호텔로 가주세요."

"신림동 말고요?"

"네. 하얏트 호텔이요."

그녀는 바뀐 목적지를 또박또박 말하고는 눈을 감아버렸다. 룸미러로 힐긋거리는 택시기사의 시선도 불편했고 오늘따라 유난히 따가운 늦여름 햇살을 피하기 위해서이기도 했다.

눈시울이 붉게 젖어있는 그녀, 양희가 월요일의 주인공이다. 그녀는 적당한 키에 적당한 몸매, 술자리에서 남자들에게 예쁘다는 칭찬을 자주 들을 정도로 적당히 예쁜 얼굴을 가졌다. 양희는 정확히 삼십 분 전 애인에게 이별통보를 하고 집에 돌아가는 길이었다. 남들과는 조금 다른 연애였고 당연히 남들과 조금 다른 이별이었다.

수학을 공부할 때 가장 중요한 습관은 틀린 문제를 다시 풀어보는 것이다. 최대한 꼼꼼하게. 그녀는 찬찬히 돌이켜 보고 싶었다. 매번 어딘가 이상하게 꼬여버리는 몇 번의 연애사를. 대체 무엇이 문제였을까? 그 질문에 대한 해답을 찾는 것. 오늘 하얏트에서 그녀에게 주어진 유일한 일이었다.

태인을 만난 건 1년쯤 전이었다. 마치 오늘처럼 연인과 이별하고 집으로 돌아가던 날이었다.

여기까지만 말하면 양희가 끊임없이 이어지는 연애를 해온 양 오해를 할 수도 있다. 그렇지 않다. 서른 살의 여자가 세 번의 연애를 했으니 평균보다 많은 경험은 아닐 것이다. 세 명의 상대 중 한 명이 유부남이라는 사실은 평균에서 많이 벗어나는 것일까?

대학교 때 짧게 만났던 첫 번째 남자친구는 정양희라는 여자를 설명하기 위해 굳이 언급하지 않아도 될 듯하다. 고등학생이 수학여행 가서 호기심에 마시는 술과 비슷했다. 대학에 들어왔으니 남자친구를 사귀어

보고 싶어서 사귄, 연애를 위한 연애였다. 절절한 마음도 없었고, 스킨십이라고 해봤자 열 번 남짓한 키스가 고작이었다. 가슴을 만지려고 여러 번 시도했으나 끝내 브래지어 호크를 풀지 못했던 것도 스킨십에 들어간다면 거기까지.

두 번째 남자친구는 좀 달랐다. 졸업할 즈음 취업 스터디에서 만난 세 살 많은 오빠였다. 그는 단숨에 그녀의 마음을 뺏는 대신 서서히 그녀의 마음에 들어와 온전하게 자리를 차지했다. 한 번도 그녀를 속이거나 이용하지 않았던 사람이었고 그에 대한 그녀의 태도도 그랬다.

양희는 욕심이 많은 여자였다. 갈망이 있는 여자였다. 여태까지 살아온 것처럼 살고 싶지 않은 간절한 마음.

학교 선생님인 아버지와 평범한 주부인 엄마와의 사이에 태어난 그녀는 아래위로 오빠와 남동생이 있었다. 어릴 때부터 가난하지는 않았으나 부유함과도 거리가 먼, 무척 고단한 일상이 그녀의 운명이었다. 자식 셋을 키우고 아픈 노부모님까지 돌보기에 얼마 되지 않는 교사 월급은 한 번도 충분하지 못했다.

양희는 항상 돈에 쪼들리는 부모님의 모습을 보며 자랐고 그녀 역시 고등학교 시절부터 온갖 아르바이트로 용돈을 벌면서 공부해야 했다. 수학교육과를 전공으로 택한 것도 조금 더 낫게 살아보려는, 고심 끝에 나온 결정이었다. 대학교에 와서도 마찬가지였다. 등록금과 용돈을 벌면서 공부하려면 하루에 다섯 시간만 자도 시간이 모자랐다. 졸업할 때

쯤엔 겁이 나기 시작했다.

평생 이렇게 살아야 하나?

학교 교사가 아니라 처음부터 강남의 학원에서 인턴 강사로 일을 시작한 것도 한 푼이라도 더 벌겠다는 집념의 발로였다. 그 집념이 남자친구를 지치게 만들었다.

남자친구는 교복 입은 학생들이 담배를 피우고 있으면 가서 훈계를 해야 직성이 풀리는 타입이었다. 공교육에 대한 확고한 신념과 사교육에 대한 혐오를 가진 사람이기도 했다. 당연히 함께 교사임용고시 준비를 할 줄 알았던 여자친구가 학원에 인턴 강사로 일자리를 얻은 뒤부터 커플의 분란이 시작되었다.

말실수로 상대를 서운하게 하거나 다른 이성과 나눈 다정한 카톡 때문에 싸우는 일 등등과는 차원이 다른 다툼이었다. 둘 중 한 명이 가치관을 포기하지 않고는 해결되기 어려운 문제였다. 살아온 연륜이라도 있었다면 서로 다른 두 사람이 같은 가치관을 공유한다는 것이 얼마나 어려운 일인지 알고 적당히 타협했을 텐데. 혈기왕성한 20대였던 두 남녀는 그러지 못했다.

몇 년의 시간을 더 버텼다. 남자친구는 번번이 임용고시에 탈락했고 양희는 정식 강사로 학원에서 자리를 잡았다. 그녀는 압구정 CMS에서 제일 똑똑한 선생님도 제일 인기 많은 선생님도 아니었지만 제일 부지런한 선생님임은 분명했다. 주말도 마다치 않고 초등학교 고학년 경시

고사 대비반 선생님으로 자원한 그녀에게 남자친구는 불만이 많았다.

–그렇게 돈이 좋냐? 너 어쩌다 이런 속물이 되어 버렸니?

–오빠. 좀 더 잘 살고 싶다는 마음을 먹는 게 그렇게 욕먹을 일이야?

양희는 구차하게 변명을 할수록 더 비참해지는 기분이었다. 그러다가 이별을 결심했다.

겨우내 잿빛으로 얼어있던 도심 곳곳이 꽃빛으로 물든 4월의 어느 날이었다. 흔히들 하는 행복해라, 잘 살라는 말도 없이 남자친구가 쌩하니 가버린 뒤에, 양희는 후회했다. 헤어지더라도 감정은 좋게 남기려고 굳이 둘이 처음 만났던 캠퍼스까지 찾아가서 마지막 만남을 가졌던 아이디어를.

터벅터벅 걸어서 캠퍼스 정문을 나오자마자 오른쪽 송곳니가 못 견디게 아팠다. 바늘로 쭉쭉 찔러대는 것 같은 예리한 고통이었다. 일시적인 치통이겠지 여기며 학원에 들러 일을 하려다가 도저히 견디지 못하고 압구정역 근처에 바로 보이는 치과를 찾았다. 예약을 안 한 탓에 30분이 넘게 기다리다가 진료를 받았다.

–너무 걱정 마세요. 흔한 신경치료에요. 금방 끝납니다.

반듯한 얼굴에 선량한 미소를 지닌 치과 의사는 목소리가 좋았다. 그날 헤어진 남자친구와 목소리가 닮았다. 달달하고 촉촉했다. 양희가 남자친구에게 끌렸던 이유 중에 하나가 목소리였다. 치료를 받는 동안 양희의 눈에서는 눈물이 줄줄 흘렀다.

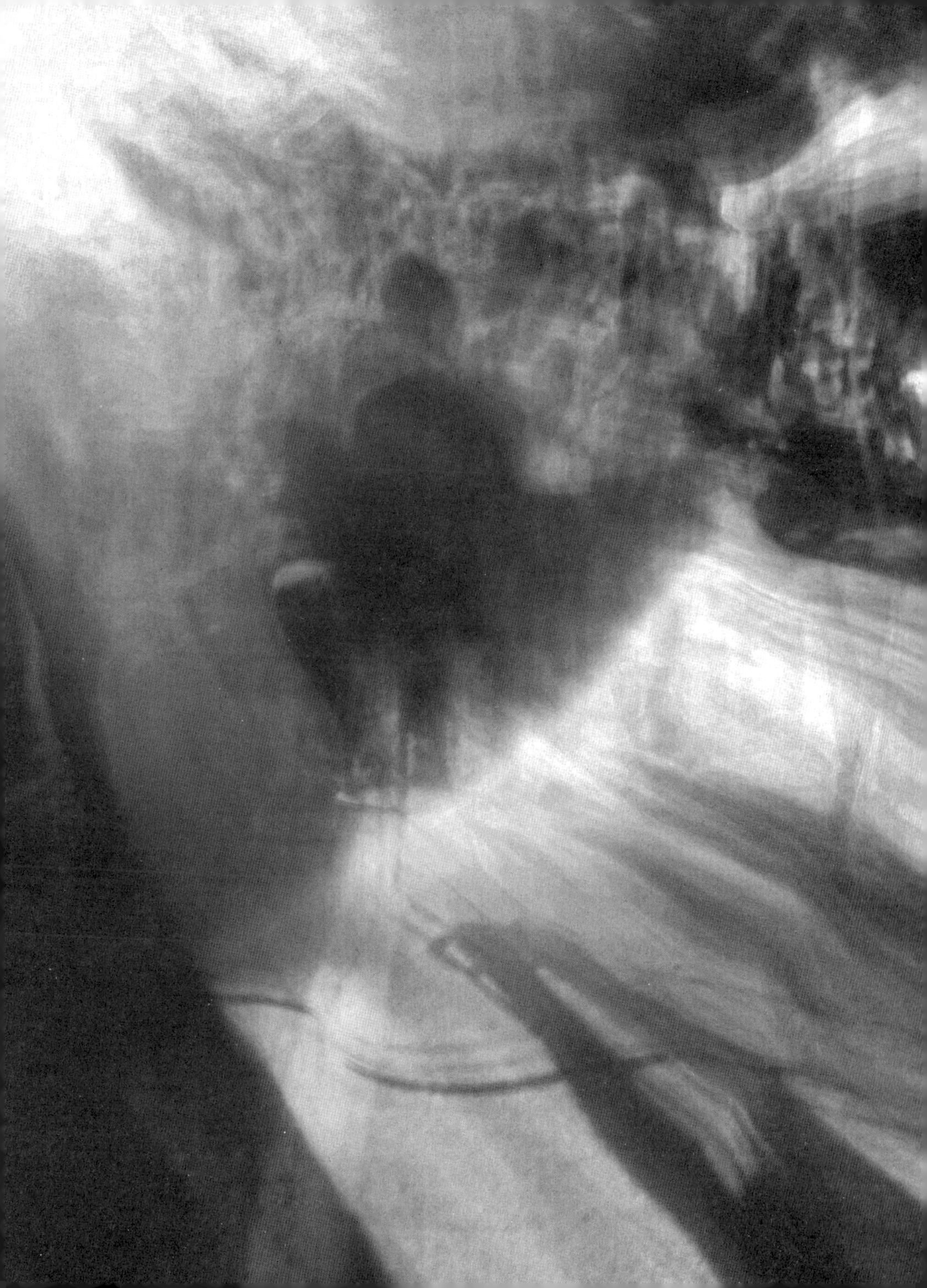

–아프세요? 마취가 부족했나?

–아니요. 그런 게 아니에요. 계속 치료하세요.

–이렇게 아파하는데 어떻게 계속 치료합니까?

–이가 아파서 그런 게 아니에요.

좀처럼 진정하지 못하고 줄줄 눈물을 흘리는 양희를 보며 의사는 고개를 내저었다.

–아무리 아니라고 말씀하셔도 찜찜하네요. 꼭 제가 치료를 잘못해서 아프게 해 드린 것 같아요. 진료비는 안 받도록 하겠습니다.

양희가 괜찮다고 돈을 내려고 해도 의사는 뜻을 굽히지 않았다.

그렇게 치료를 받고 집에 돌아간 뒤였다. 잠을 자려고 침대에 누웠다. 컴컴한 외로움이 그녀를 덮쳤다. 어제까지만 해도 누군가가 있었는데. 잘 자라고, 좋은 꿈 꾸라고, 보고 싶다는 말을 나눌 사람이 있었는데. 이제 나는 혼자다.

금단증상처럼 초조함과 불안감이 그녀를 혼란스럽게 만들었다. 잠이나 푹 자려고 일찍 누운 지 한 시간이 넘도록 잠들지 못했다. 혹시나 연락이 왔을까 기대하며 몇 번이나 핸드폰을 확인했지만 남자친구의 연락은 없었다. 그러고 있을 때 다른 번호로 문자가 왔다.

–아직도 우나요?

남자친구의 번호가 아니었다. 모르는 번호였으나 누가 보냈는지 알 것만 같았다.

-괜찮아요.

-이는 어때요?

-덕분에 나았어요.

-아까 우는 모습이 자꾸 떠올라서요.

-그렇게 동정하지 않으셔도 괜찮아요.

-동정은 아닌 것 같습니다만. 우리 관계가 좀 불공평한 것 같아 마음이 불편하네요.

-네?

-저만 양희 씨 이름을 알고 제 이름은 안 알려드렸잖아요. 제 이름은 태인입니다. 김태인.

-죄송하지만 제가 지금 이렇게 문자를 주고받을 마음이 아니어서요.

-부담 안 가지셔도 됩니다. 저 유부남이에요. 양희 씨 유혹하려고 문자 한 거 아닙니다. 나중에라도 이야기를 나누고 싶다는 생각이 들어서 연락드렸습니다.

-무슨 이야기요?

-양희 씨가 털어놓고 싶은 이야기가 있는 것 같아서요. 그 이야기를 듣고 싶어졌어요. 저도 아무한테도 못 털어놓은 이야기가 있거든요. 나중에 들어주세요.^^

양희는 오랫동안 대답하지 못했다. 태인이 다시 문자가 왔다.

-커피 한 잔만 해요. 밝은 대낮에.

일주일 뒤 그녀는 정말로 밝은 대낮에 태인과 커피를 마셨다. 주로 이야기를 하는 쪽은 양희였다. 태인은 진심 어린 표정으로 양희의 이야기를 들어주었다. 열 살이나 나이가 많은 그가 무척이나 편했다. 부와 재능, 매너를 골고루 갖춘 남자였다. 성공한 유부남만이 발산할 수 있는 안정감이 그녀를 마취했다. 양희는 그를 만나기 전에는 상상도 할 수 없을 정도로 솔직하고 사사로운 이야기를 털어놓고 말았다.

며칠 뒤 그들은 저녁 식사를 했고 맥주를 곁들었다. 그렇게 몇 번 커피와 식사를 하면서 태인은 말을 놓고 양희는 태인을 오빠라고 불렀다. 간단한 안부 문자라도 그에게서 연락이 오면 상을 받은 양 기뻤다. 양희는 알 수 있었다. 그의 마음이 그녀에게 건너오고 있음을. 그녀의 마음도 그랬으니까.

그러던 중 양희의 생일이 찾아왔다. 친구들하고 보낼 기분이 아니었던 차에 태인과 둘이 저녁 식사를 했다. 양희는 생일이라고 얘기를 하지 않았다. 여느 때처럼 즐거운 이야기를 나누고 태인이 그녀 집 앞까지 차로 바래다주었다. 작별인사까지 하고 걸어가는데 뒤에서 태인의 목소리가 들렸다.

—양희야.

뒤를 돌아본 양희는 손으로 입을 막았다. 태인이 리본으로 마무리한 커다란 상자를 들고 서 있었다.

—선물 갖고 가야지.

-오빠……

-얘기 안 하면 모를 줄 알았어? 생일 축하해.

어쩔 줄 몰라 하던 양희가 선물 상자를 받아들었다.

-부담스러워요.

-부담스럽긴. 뭐가 들었는지도 모르면서.

-제가 이런 거 받을 자격이 있나요?

태인이 속삭이듯 말했다.

-고마워서. 태어나줘서, 내 앞에 나타나 줘서 고마워서 주는 선물이야.

양희는 눈물을 보이기 싫어 고맙다는 얘기도 제대로 못하고 도망치듯 집에 들어왔다. 두근거리는 가슴을 애써 진정시키며 상자를 열어보았다. 세상에. 그녀가 한 번도 진품으로 들어보지 못한 명품 가방이 그녀를 기다리고 있었다.

또 한 번은 양희가 친구들하고 술을 마시고 있을 때 태인하고 연락을 한 적이 있었다. 마침 퇴근하는 중이었던 태인이 그 자리에 잠깐 들렀다. 친구들에게는 아는 오빠라고 소개를 했다. 태인은 유쾌하면서도 매너 있게 자리를 이끌었다. 그리고 아직 20대인 친구들이 구경도 못 해본 고급 가라오케로 데려가 위스키를 두 병이나 시켜주고 자리를 비켜주었다. 친구들이 난리가 났다.

-남자친구야? 응?

-아니야. 아는 오빠라니까.

─야야. 너 안 사귈 거면 나 소개시켜줘. 진짜 너무 괜찮다.

양희는 끝까지 태인이 유부남이라는 사실은 말하지 않았다. 친구들의 부러움과 질투 속에 술을 마시고 돌아가는 길에 그녀는 상상했다. 태인이 남자친구라면 어떨까.

태인은 항상 젠틀했고 밝았다. 처음 만난 지 세 달쯤 되었을 때 태인은 처음으로 그녀에게 어두운 얼굴을 비쳐 보였다. 바람을 쐬고 싶다며 바다를 보러 가자고 제안했다. 둘은 같은 날 휴가를 내고 태인의 차를 타고 인천으로 향했다. 드라이브를 제안한 쪽은 태인인데 오히려 더 후련한 기분에 젖은 쪽은 양희였다.

─너무 좋네요. 고마워요. 오빠.

바다가 바로 아래 보이는 횟집에서 소맥 서너 잔을 마신 양희는 근래 몇 달 동안 최고로 기분이 좋았다. 태인은 반대로 무거운 한숨을 내려놓았다.

─너한테 안 좋은 이야기 하고 싶지 않았는데. 나 요즘 많이 힘들다.

─말해 봐요. 지금까지 저만 오빠한테 기대고 투정부렸잖아요. 무슨 일이에요?

─외롭다.

그렇게 말하면서 앞에 놓인 소주를 들이키는 태인은 마흔 살의 돈 잘 버는 치과의사가 아니라 사랑을 갈구하는 소년의 얼굴이었다. 그는 누나에게 고민을 털어놓듯 담아두었던 이야기를 꺼내놓았다.

태인의 외로움은 아내 때문이었다. 이미 잠자리를 안 한 지는 몇 년이 됐고 최근에는 일상적인 냉대는 물론이고 틈만 나면 트집을 잡고 히스테리를 부리는 아내였다. 둘만 있을 때면 이유 없이 모욕적인 언사를 퍼붓는 일도 예사였다.

시작부터가 애정보다는 조건에 맞춰 한 결혼이었다. 부유한 처가에서는 태인의 직업과 허우대를 마음에 들어 했고 태인으로서는 바로 치과를 차려주겠다는 제안을 뿌리치기 힘들었다.

―그래. 내 꾀에 내가 빠졌지. 졸업하고 빨리 치과를 차려야겠다는 조바심이 나를 넘어뜨린 거야. 처음부터 잘못된 결혼이었어. 이혼하고 싶다는 생각도 하루에 몇 번씩 해. 사실 변호사 통해서 알아봤어. 애들하고 병원 때문에라도 이혼은 안 하려고 했는데 이미 돌이킬 수 없는 선을 넘어버렸어. 둘째 아들이 지금 3학년인데 이 녀석 초등학교만 졸업하면 이혼할 생각이야.

태인의 목소리는 아슬아슬 매달린 낙엽처럼 떨렸다.

―미안해. 너한테 이런 얘기 하면 안 되는데.

양희는 태인의 손을 잡았다. 다신 놓지 않을 것처럼 꼭.

―오빠. 제가 뭐라고 드릴 말씀은 없어요. 도와드릴 방법도 없고요. 하지만 이렇게 이야기 나누고 같이 술 마셔줄 동생이 있다는 건 잊지 마세요.

그날 둘은 내일이 없는 사람들처럼 대책 없이 술을 마셨다. 해가 지기도 한참 전에 취해버린 둘이 향한 곳은 파도 소리가 들리는 모텔이었다.

양희는 태인을 받아들이면서 어쩌면 이 순간을 오래 기다려왔을지도 모른다는 생각을 했다. 침대 위의 태인은 젠틀하면서도 강했고 또 대담하기도 했다. 헤어진 남자친구와의 섹스에서는 한 번도 느껴보지 못한 강력한 쾌감의 이빨들이 그녀의 몸에 촘촘히 박혔다.

─사랑해.

사정의 순간에 태인의 고백을 듣는 순간 양희는 알았다. 이전의 관계로 돌아갈 수는 없음을.

들뜨고 두근거리는 나날이 이어졌다. 태인은 친절하고 재미있는 연인이었다. 진심으로 그녀를 위해주고 있다는 것도 느껴졌다. 행복했다. 외롭지 않았다.

그러나 좋은 감정은 함께 있을 때 만이었다. 낮에는 진료 때문에 바빴고 저녁에 집에 들어가면 연락을 할 도리가 없었다. 아내의 감시 때문에 통화는 물론 문자도 쉽지 않았다.

일주일에 한 번 이상 만나는 일은 거의 없었다. 그것도 언제나 평일에만. 진료가 끝나면 급하게 술을 마시고 모텔에 가는 코스가 반복되었다. 그래도 그와 함께 있을 때면 행복했다. 더 자주 보고 싶고 더 자주 연락을 하고 싶을 때면 투정을 부리기도 했다. 그럴 때면 태인은 몹시 힘들어했다. 그 모습을 보는 것도 고통이었다. 서운함을 속으로 삭이는 일이 늘어났다.

한참 연락이 안 될 때면 그녀 혼자 멍하니 공상의 늪에 빠지곤 했다. 그는 지금 뭘 하고 있을까? 이것이 나에게 해 줄 수 있는 최선인가? 동시에 가정이 있는 상황에서 그녀를 만나려고 애쓰는 그가 짠하기도 했다. 서운함도 사치라는 생각이 들 때면 더욱더 우울해졌다.

연인으로 관계가 발전하고 몇 달이 지나자 양희는 마음이 너덜너덜해졌다. 유행가 가사를 듣고 눈물이 나는 건 갱년기 아줌마들 이야기인 줄만 알았는데 그녀가 그랬다. 내가 왜 이러고 있나 싶은 마음과 그를 보고 싶은 마음의 크기가 비슷해질 때쯤 그녀는 이별을 떠올렸다. 사실 그녀보다 더 힘든 쪽은 태인이었다. 최근 들어 부쩍 심해진 아내의 감시와 히스테리 때문에 미칠 지경이었다.

─아내가 핸드폰을 감시하는 것 같기도 해. 더 조심해야겠어. 통장하고 카드 명세표도 확인하는 것 같아. 돈도 조심해서 써야겠어. 아내가 우리 사이를 알면 널 가만히 안 놔둘 거고 이혼도 물 건너가는 거야.

일주일에 한 번씩 보던 만남이 보름에 한 번으로 줄어들 때쯤 그녀는 이별을 결심했다. 황폐해가는 그녀의 마음 때문만은 아니었다. 그에게 미안해서였다. 그녀는 차마 자신을 위해 가정을 버리라는 말을 할 수 없었다. 더 이상 위험을 무릅쓰고 힘겨운 만남을 이어갈 까닭이 없었다.

그를 만난 지 일 년 만에, 바로 오늘 그녀는 이별을 고했다. 봄여름가을겨울 행복한 데이트를 즐기던 그의 차 안에서였다. 그는 이별을 받아들이려고 하지 않았다.

-나는 끝내기 싫어. 기다릴 테니 언제든 마음이 변하면 돌아와 줘.

아쉬움 가득한 그의 눈빛을 보고 있자니 미안한 심정이 더 커져서 견딜 수 없었다.

-미안해요 오빠. 이게 최선이에요. 우리 이제 그만해요.

-내가 더 잘할게.

-아니에요. 저도 제 생활로 돌아갈게요. 오빠도 가정으로 돌아가세요. 제가 오히려 더 오빠를 힘들게 한 것 같아서 너무 미안해요. 잘 지내요.

-기다려줘.

정나미 다 떨어진 상태에서 헤어졌던 두 번째 남자친구와는 차원이 달랐다. 가슴을 후벼 파는 아픔이 남았다. 유부남을 만나는 여자가 이 세상에 그녀 혼자만은 아니라 해도, 어쨌든 남들과 조금 다른 연애였고 당연히 남들과 조금 다른 이별이었다.

백퍼센트까지는 칼 같이 끝낼 자신이 없었다. 어느 비 내리는 외로운 저녁, 큰 의미 없는 사람들과 술을 마시다가 취하면 문득 그에게 연락할지도 모르는 일이었다. 반대로 그에게서 연락이 왔을 때 냉정하게 거부를 할 수 있을 지도 의문이었다. 의미 없는 대답이라도 달지 않을까? 양희는 일단 카톡 리스트에서 태인을 지우고 그의 전화번호도 지워버렸다. 마음을 다잡기 위한 최소한의 장치라고 생각하면서.

집에 가려고 잡아탄 택시에서 갑자기 하얏트 호텔로 가자고 목적지를 바꾼 그녀의 행동도 태인과 연관이 있었다. 한참 연애하던 시절, 태인은 종종 한강시민공원 잠원지구로 차를 몰았다. 남산타워와 하얏트 호텔이 정면으로 보이는 차 안에서 이야기를 하고 스킨십을 나누곤 했다. 처음 한강에서 데이트를 한 날 양희가 하얏트 얘기를 꺼냈다.

　─제일 친한 친구하고 여기 자주 왔었어요. 저기 편의점 테이블에 앉아서 맥주를 많이 마셨는데. 그 친구하고 이런 얘길 많이 했어요. 우리도 하얏트 호텔에서 잘 날이 올까? 전 아직 저 호텔에 한 번도 안 가봤거든요. 오빠는 자주 가봤죠?

　─자주는 아니고. 결혼식에 몇 번 가보고. 밥 먹으러 몇 번 가보고.

　─잔 적은 없어요?

　─괜히 시내 호텔에서 잘 일이 있나?

　─오빠랑 하얏트 호텔에서 잘 날도 올까?

그때 태인은 미안한 얼굴로 입을 맞추며 말했다.

　─내가 무슨 핑계를 대서라도 우리 만난 지 1주년 기념으로 하얏트에 방을 잡을게. 같이 못 자면 늦게까지 있기라도 하자.

그 말에 얼마나 가슴이 찡했는지. 물론 그녀가 이별을 고하는 바람에 이뤄지지 못했지만. 이제 그녀 혼자서 깨진 약속을 지키려고 하는 것이다. 또 다른 의미가 있었다. 일종의 자기 위안이었다. 지금까지 열심히 살았으니 이제쯤은 '하얏트에서 자는 사람'이 되어도 좋다는 위로. 태인에게 언급했던 그녀의 십년지기 친구 수호가 종종 하던 말이기도 했다.

─하얏트에서 자는 게 뭐 어렵냐? 돈 몇십만 원만 내며 아무나 잘 수 있어.

수호가 그런 말을 할 때면 양희는 짜증을 냈다.

─야! 그건 너무 시시하잖아. 뭔가 이벤트가 있어야지. 내 돈을 쓰더라도 뭔가 일이 있어서 가서 자야 의미가 있지. 정확히 말하면 우리는 돈이 없어서 하얏트를 못 가는 게 아니라 일이 없어서 못 가는 거잖아.

─수영장이라도 가. 거기 수영장 좋다던데.

─싫어! 거기서 자는 게 중요해. 하얏트 호텔 방 창문으로 바로 여길 내려다보는 게 중요하단 말이야. 거기서 술을 마시면서 지금 이 순간을 떠올려야지. 고작 수영장에 가려고 하얏트를 찾긴 싫어.

─그래. 꼭 그럴 일이 있도록 기도해줄게. 그 아저씨하고 기념일 같은 날 가면 되겠네.

그랬다. 수호는 양희의 주변 사람들 중에서 태인의 존재를 아는 유일한 사람이었다.

양희가 수호를 만난 건 10년 전 어느 여름날이었다. 대학에 들어오자마자 몇 달 만난 생애 최초의 남자친구와 무덤덤하게 헤어지자마자 그녀가 눈을 돌린 대상은 과외였다. 수학과외 자리를 구한다는 전단지를 만들었다. 타킷은 압구정동 아파트 단지였다.

미성아파트 관리사무소에서 전단지를 붙여도 좋다는 허가 도장을 맡고 아파트 1층 게시판마다 전단지를 붙이기 시작했다. 그런데 두 번

째 동에서 똑같이 전단지를 붙이는 남학생과 마주쳤다. 수호였다. 다행히 수호는 수학이 아니라 영어 과외를 구하는 중이었다. 흘깃 전단지를 보니 연세대학교 영어영문학과 신입생이었다.

–안녕하세요? 같은 학교 다니시네요.

서글서글한 인상의 수호가 먼저 인사를 건넸다. 그 역시 양희의 전단지에서 학교 이름을 확인한 것이었다. 붙임성이 좋은 수호는 전단지를 같이 붙이러 다니자고 그녀를 이끌었다.

–저는 1학기 때 여기서 몇 달 과외를 한 적 있어요. 큰 평수가 있는 동에는 붙일 필요 없고 30평대 아파트가 있는 동에 붙이는 게 더 유리해요.

–왜 그렇죠?

–큰 평수 사는 사람들은 저희 같은 대학생 과외는 잘 안 시키거든요.

몹시 무더운 날씨였다. 열 개 동쯤 돌면서 전단지를 붙이다 보니 등에 땀이 흥건했다. 수호가 그녀를 돌아보며 물었다.

–잠깐 바람 좀 쐬고 갈래요?

그는 아파트 단지 뒤쪽으로 그녀를 안내했다. 한강시민공원으로 이어지는 출구가 있었다.

–예전에 과외가 끝나면 잠깐 걷다가 집에 가곤 했어요. 저녁에는 야경도 예쁘거든요.

한강 바로 앞 편의점 간이 테이블에 앉아 이야기를 나누었다. 같은 학년에 나이도 동갑, 게다가 생각하는 점도 비슷했다. 수호 역시 문학을 전공하거나 일반 직장에 취직하기 위해 영어영문학과에 들어온 것이 아니었다. 학원 강사라는 분명한 목표가 있었다. 가정 형편이 여의치 않아 직접 등록금과 생활비를 벌어야 한다는 처지도 같았다. 둘은 금방 말을 트고 친구가 되었다. 양희는 얼마 전에 남자친구와 헤어졌으나 수호에게는 여자친구가 있다는 점은 달랐다. 수호가 장난스러운 눈을 반짝이며 말했다.

  ─첫 만남 기념으로 술 한잔 하자.

  ─그래. 캔맥주나 한잔 해.

  ─에이. 그건 너무 노멀하지. 스페셜하게 마시자. 우리가 만난 인연도 스페셜했잖아. 과외 전단지를 붙이다가 친구가 된 사람이 몇 명이나 있겠냐?

  ─어딜 또 가자고?

  ─그냥 여기서 마셔.

  ─그런데 어떻게 스페셜하게 마셔? 여긴 편의점인데.

  ─칵테일 한 잔 만들어줄게.

  ─칵테일?

  ─탱보주 마셔봤어?

  ─탱보주?

  양희가 어리둥절하고 있는 사이 수호는 편의점에서 쭈쭈바 형태의 아이스크림 '탱크보이'와 소주, 사이다, 종이컵을 갖고 왔다. 가방을 열

더니 필통에서 커터칼을 꺼내 탱크보이 껍질에 칼집을 내어 두 동강으
로 부러뜨렸다.

　─녹여서 짜도 되는데 마침 칼이 있으니까.

　종이컵에 탱크보이를 한 조각씩 넣더니 소주와 사이다를 부었다. 수
호가 종이컵 하나를 건네주었다.

　─자. 마셔봐.

　둘은 종이컵으로 건배했다. 수호가 영화 〈첨밀밀〉의 대사를 인용해
건배사를 외쳤다.

　─우정 만세!

　탱보주는 생각보다 훨씬 맛있었다. 얼음처럼 녹아든 시원함이 짜릿하
게 목을 타고 번졌다. 여름 하늘에 번지는 노을을 배경으로.

　그렇게 시작된 우정은 10년 동안 이어졌다. 수호에게 여자친구가 있
었던 탓에 자주 만나진 못했지만 그래도 가끔 보면 어색하지 않고 반가
웠다. 수호가 실연당했을 때 위로해 준 사람도 양희였다. 수호가 군대에
갔을 때 가장 많은 편지를 보내 준 여자도, 유일하게 위문을 간 여자도
양희였다. 둘 사이를 연인으로 오해하는 사람도 있었다. 양희도 가끔 수
호에 대한 감정이 헛갈릴 때가 있었는데 그때마다 수호가 했던 건배사
가 그녀의 귀에 울렸다.

　─우정 만세!

　이어서 자연스러운 연상 작용으로 탱보주의 달달하고 시원한, 떠나

보낸 스무 살의 어느 여름날에 대한 아쉬움 같은 맛이 혀에 감도는 것이었다.

수호가 여자친구와 헤어진 뒤에는 둘은 거의 매일 만났다. 학교에서 커피를 마시기도 하고 복도에 서서 잠깐 이야기를 나누기도 했다. 가끔 술을 마시기도 했고 어떤 날은 전화 통화를 하다가 밤을 새는 일도 있었다.

둘의 우정에 가장 큰 공백이 생겼던 때는 수호가 미국으로 어학연수를 떠났을 때였다. 양희는 몸 안에 부는 가을바람을 느꼈다. 몇 년 동안 남자친구 없이도 잘 살았는데 갑자기 솔로의 외로움이 바위처럼 짓누르는 기분이었다. 두 번째 남자친구를 만난 것도 그즈음이었다. 그런 생각을 하기도 했다. 수호가 떠나지 않았어도 연애를 시작했을까?

어학연수가 끝나고 돌아온 수호는 어딘가 달라져 있었다. 예전에는 마냥 밝고 건강하기만 하던 소년이었다면 미국에서 돌아온 수호에게서는 남자의 쓸쓸함이 묻어났다. 어떤 특별한 경험을 한 사람처럼.

양희가 먼저 CMS 수학학원에 강사로 들어가고 2년 뒤 수호도 박정어학원에 강사 자리를 구했다. CMS는 압구정역 4번 출구, 박정어학원은 3번 출구. 1킬로미터도 떨어져 있지 않은 거리였다. 수호는 학원에서 만난 수강생과 연애를 시작했다. 네이버 해외 사업팀에 입사한 지 얼마 안 되는 스물다섯 살의 깜찍한 아가씨였다. 양희에게 인사를 시켜준다며 셋이 함께 술을 먹은 적도 있었다.

둘 다 각자의 연인과 데이트 약속이 없는 날에는 퇴근길에 가끔 만나기도 했다. 학원에서 나와 길 하나만 건너면 압구정 아파트 단지였고 그 뒤편이 한강시민공원이었다. 둘이 처음 만난 날에 갔던 편의점에서 캔맥주를 마셨다. 화려한 불빛의 망토를 걸친 하얏트 호텔을 보며, 둘은 많이 닮아있는 서로의 꿈을 이야기했다. 생계를 위해 헉헉대는 삶에서 벗어나고 싶다는 꿈. 양희의 표현을 빌자면 하얏트에 밥이라도 먹으러 다니면서 살고 싶다는 꿈. 수호의 표현을 빌자면 인기 강사가 되어 머스탱 쿠페를 타고 싶다는 꿈.

5년이나 만난 남자친구와 헤어진 양희가 바로 태인과의 연애를 시작했을 때 혼란스러운 심경을 털어놓은 사람도 수호였다. 태인이 유부남이라는 사실을 알았을 때도 수호는 비난하지 않았다. 다만 그녀를 걱정했다.

—미혼남녀들의 만남도 아니고 기혼남녀들끼리의 만남도 아니야. 너는 혼자고 그 사람은 둘이야. 시작부터 기울어져 있다고. 그 경사 때문에 너는 매일매일 힘들 거야. 보통의 연애보다 넘어질 확률이 훨씬 더 높다는 거 알지?

"하얏트 도착했습니다."

택시가 멈춰 섰는데도 멍하니 생각에 잠겨있는 양희를 기사가 돌아보았다. 양희는 그제야 정신을 차리고 택시에서 내렸다.

고개를 들어 하얏트의 전신(全身)을 쳐다보았다. 유리와 철골 콘트리트로 이루어진 고고한 육체 앞에서 그녀는 신전에 들어가는 기분을 느꼈다.

여름 시즌이 한참 지난 9월 초의 비수기인지라 방은 많이 비어 있었다. 그녀는 한강 뷰를 가진 방 중에서 906호로 체크인했다. 키를 받아들고 엘리베이터로 가다가 잠시 멈췄다. 넓은 로비에서는 사람이 직접 연주하는 실내악이 흘렀다. 로비에 앉아 이야기를 나누는 사람들을 보고 있자니 살짝 소름이 돋았다. 드디어 하얏트에 왔구나.

그녀는 이런 생각이 들었다. 내가 하얏트를 찾은 것이 아니라 하얏트가 나를 부른 게 아닐까? 그렇다면 왜? 하얏트는 왜 나를 불렀을까?

오래되었지만 낡아 보이지 않는 엘리베이터를 타고 올라가는 동안 양희는 수호를 떠올렸다. 의외였다. 오늘은 태인과 헤어진 날이었다. 1년 동안 피 말리는 연애를 했던 대상을 드디어 떠나보낸 날인데 말이다. 태인 생각에 하루 종일 골몰할까 봐 두려웠던 걱정은 기우였다. 이별 전에 지긋지긋하도록 고민을 해서인지 오늘은 별로 생각나지 않았다.

방에 들어오니 호텔 특유의 무색무취 공기가 그녀를 맞이했다. 깔끔한 침대를 비롯한 가구들은 지나치거나 모자람 없이 존재했다. 넓은 창 앞에 앉아서 베이지색 커튼을 걷었다. 바로 아래 수영장은 보석처럼 햇살을 반사했다. 늦여름의 수영을 즐기는 사람들 몇이 한가롭게 물장난을 치는 광경이 보였다. 그 뒤로는 잘 가꾸어진 나무들이 작은 숲을 이루었고 한남동과 한강 건너편까지 보였다.

드디어 하얏트에 왔다. 꿈이 아닌 현실이었다.

방에 들어서서 처음 몇 분간은 몸 아래에서부터 찌릿한 느낌이 솟아올랐는데 잠시 창밖을 보며 앉아있다 보니 흥분이 사그라졌다. 하얏트에 온 목적, 어쩌면 하얏트가 그녀를 호출한 이유를 떠올렸다.

그녀는 찬찬히 돌이켜 봐야 했다. 매번 어딘가 이상하게 꼬여버리는 몇 번의 연애사를. 대체 무엇이 문제였을까? 그 질문에 대한 해답을 찾는 것. 오늘 하얏트에서 그녀에게 주어진 유일한 일이었다.

일단 좀 자고 싶었다. 그리고 술도 한잔 하고 싶었다. 함께 술잔을 기울일 사람은 딱 한 명뿐이다. 양희는 수호에게 카톡을 보냈다.

—오늘 수업 언제 끝나?

답이 없었다. 양희가 또 썼다.

—저녁에 약속 없으면 술 한잔 할래? 여기 하얏트야ㅎㅎㅎ 드디어 왔다. 누나는 한 잠 자고 있을 테니까 콜미 브라더

그녀는 옷을 모두 벗었다. 푹신하고 부드러운 이불 속에 알몸을 넣고 눈을 감았다. 신기하게도 마치 사람의 손길이 그녀를 쓰다듬는 것처럼 위로받는 기분이었다. 참으로 오랜만에 홀가분한 마음으로 잠이 들었다.

얼마나 잤을까? 소녀의 꿈을 꾸었다. 소녀가 나오는 꿈이 아니라 소녀들이나 꿀 법한 꿈. 사람 키만큼 큰 꽃들이 피어 있는 정원에 일각수가 뛰어놀고 하늘에는 태양만큼 밝은 달이 두 개 떠 있는 그림 꿈 말이다. 꿈속에서 양희는 얼굴이 하얀 소년과 함께 놀았다. 순정만화 1권의

마지막 장면처럼 키스하기 직전에 벨소리가 들려 잠에서 깼다.

수호의 전화였다. 잠이 덜 깬 상태에서 전화를 받았다.

“자고 있었어? 나 벌써 호텔 로비에 왔어.”

“뭐? 지금 몇 시니?”

“여덟 시”

“맙소사. 일단 올라와. 906호야.”

세 시간을 넘게 잤다. 양희는 헝클어진 머리를 대충 다듬고 옷을 걸쳤다. 잠시 뒤 수호는 먹을 걸 잔뜩 싸들고 방에 들어왔다.

“이게 다 뭐냐?” 양희는 웃음을 터뜨리고 말았다. 수호가 들고 온 가방에서 나온 것들은 대충 이랬다. 순대, 떡볶이, 김말이, 그리고 탱크 보이와 소주.

“하얏트 왔다가 호텔에 있는 레스토랑에서 밥 먹으면 너무 진부하잖아. 이게 훨씬 개성 있고 좋지 않니? 맛은 물론이고.” 수호는 천연덕스럽게 길거리 음식들을 테이블에 펼쳐 놓았다.

“내가 졌다 졌어.”

어둠이 내리자 창밖의 야경은 빛을 발했다. 둘은 나란히 앉아서 강 건너 강남의 불빛을 마주했다. 수호는 꼭 10년 전에 그랬던 것처럼 탱크소주 칵테일을 만들어 주었다. 편의점 종이컵이 아니라 하얏트 글래스에.

그의 말이 맞았다. 하얏트 룸에서 먹는 길거리표 음식과 소주 칵테일은 짜릿할 만큼 맛있었다. 1년 동안 처절하게 만난 연인과 헤어진 날인데도 양희는 즐겁기만 했다. 생각해보니 예전에도 그랬다. 남자친구와 속상한 일이 있을 때 수호를 만나면 금방 기분이 풀어졌다. 그는 함께 있으면 즐거워지는 남자였다.

"너는 참 좋은 애야. 너 같은 애는 어떤 여자라도 다 좋아하겠지."

"갑자기 왜 진지 빨고 그러냐? 너도 좋은 애야. 어떤 남자도 너 같은 여자를 미워할 순 없을 거야."

"그런데 왜 나는 매번 연애에 실패할까?"

"짝을 못 만났나 보지."

"어떤 사람이 내 짝일까?"

"짝을 만나면 알게 되겠지."

"주연 씨는 어때? 짝 같아? 벌써 만나지 2년 넘었지?"

"헤어졌어."

"엉? 왜? 나한테는 말도 안 했잖아."

"말할 수가 없었어."

"왜?"

"너 때문에 헤어졌는데 어떻게 말하니."

수호의 말에 양희는 입에 머금고 있던 탱보주를 꿀꺽 삼켰다. 수호는 창밖의 야경 어딘가에 막막한 시선을 던지고 있었다.

"나 때문에? 왜?"

"요즘 니가 치과의사 아저씨 땜에 힘들어했잖아. 니 연애 상담해준답

시고 자주 만났는데 오해를 샀나 봐."

"바보야! 오해라고 말해야지. 언제 헤어졌어? 주연 씨 전화번호 줘봐.
내가 얘기할게. 얼른!"

"됐어."

"뭐가 됐어 멍청아. 넌 가만히 있었냐?"

"틀린 말도 아닌데 뭐. 주연이 말이 맞아. 주연이도 보자고 하고 너도
보자고 하는 날엔 난 항상 너를 택했어. 입으로는 아무리 아니라고 해도
내 마음이 그런 걸 뭐."

"그건 남녀 간의 감정이 아니잖아."

"확실해?" 수호가 양희를 돌아보았다. 양희는 오랫동안 시선을 마주
할 수 없었다.

"태인 아저씨하고는 어때?" 수호가 한결 차분해진 목소리로 물었다.

"헤어졌어. 오늘."

"잘했어."

"그게 끝이니? 그냥 잘했어? 왜? 유부남이라서?"

"그래. 알아. 니가 그 사람에게 진실했고 최선을 다한 것처럼 그 사람
역시 너에게 진실했고 최선을 다했다고. 안다고. 그렇다고 상황이 바뀌
는 것은 아니야. 니가 노력한다고 바뀔 상황이 아니잖아. 그렇다고 니
성격상 그 사람한테 이혼하라고 종용할 수 있어? 못하잖아. 어쩌면 넌
그걸 원하지도 않잖아. 너 언제까지 처량하게 그럴래?"

"그 사람도 불쌍해."

"그렇겠지. 진료도 바쁘고 와이프 감시도 심하다면서. 그 와중에 너한 테 연락하고 만나느라 얼마나 신경을 쓰겠니. 그 사람을 위해서도 잘 헤어진 거야."

"죄책감이 들어."

"무슨 죄책감?"

"그 사람 부인하고 애들한테 미안한 건 처음부터 그랬어. 그런데 헤어지고 나니까 우리 사랑에 대한 죄책감이 들어. 힘들다고 그냥 사랑을 놔버린 느낌이야."

"그렇지 않아. 사랑하는 사이에서 장애물은 의지로 넘는 게 아니야. 둘이 정말 사랑한다면 장애물도 기다림도 기꺼이 감수해버려. 억지로가 아니야. 기꺼이. 그런 사이가 짝이야. 니가 헤어진 이유는 단 하나야. 헤어지지 않을 만큼 사랑하지는 않아서였던 거야. 너도, 그 사람도."

"떳떳한 사이는 아니었어도 우리 사랑의 진정성을 부인하고 싶지는 않아."

"나도 마찬가지야. 다만 그 사람이 니 짝은 아니란 거야. 주연이가 내 짝이 아닌 것처럼."

양희는 놀랐다. 수호가 이토록 확신에 찬 목소리였던 적이 있었나? 그가 아는 수호는 유쾌하고 부드러운, 물 같은 남자였다. 지금 수호의 모습은 바람에도 쉬이 꺼지지 않을 모닥불 같았다.

문득 보니 술을 꽤 마셨다. 소주 한 병은 이미 비었고 두 번째 병도 반은 마셨다. 테이블 위에 과일 껍질처럼 쌓인 탱크보이 껍질을 보니 웃음이 났다.

"웃긴다. 너랑 나도." 살짝 진지해진 분위기를 풀어보려고 양희는 소리 내어 웃으며 말했다.

"나는 안 웃겨."

수호의 표정이 너무 진지해서 양희는 겁이 났다. 그는 양희를 똑바로 쳐다보며 말했다.

"주연이하고 헤어지면서 시인할 수밖에 없었어. 이미 오래전부터 나는 너를 좋아했어."

"수호야."

양희는 순간 아득해지려는 정신을 꼭 붙들었다.

"어쩌면 처음 너를 만났을 때부터였는지도 몰라. 그때 나는 여자친구가 있었잖아. 그런데도 니가 좋아져서 애써 그 마음을 막았던 것 같아. 그때는 그게 왠지 굉장히 나쁜 일처럼 여겨졌거든. 그러다가 군대에 갔고 제대하고는 얼마 안 있어 미국에 갔잖아. 사실 어학연수를 끝내고도 너에 대한 마음이 그대로라면 고백하려고 했어. 나에겐 무척 조심스러운 일이었어. 넌 정말 잃기 싫은 친구였으니까. 자칫 친구로서의 너까지 잃을까 봐 두려웠지. 그런데 내가 미국으로 떠나고 얼마 안 있어서 니가 이메일을 보냈잖아. 남자친구가 생겼다고. 그때 내 심정은 뭐랄까. 허탈

하고 웃음이 났어. 차라리 다행이라는 생각도 들었고. 너는 아니었는데 나 혼자 너에게 사랑을 고백해서 너라는 친구를 잃을 뻔했잖아."

양희의 눈에 눈물이 고였다. 설명하기 어려운 감정이 그녀 안에서 끓고 있었다. 수호가 말을 계속했다.

"미국에서 나도 여자 친구를 사귀었어. 너를 잊기 위해서였는지도 모르겠다. 1년밖에 안 되는 기간이었지만 뜨겁게 사랑했던 사이였어. 오래가진 못했어. 나에게는 끝까지 얘기해주지 않은 그 아이의 사정이 있었어. 짧은 편지만 한 통 남기고 사라져버렸어. 한국에 돌아와서도 나는 오랫동안 그 아이를 기다렸어. 기다리다 참다못해 미국에 건너가서 그녀를 찾아보기도 했어. 소용없는 일이긴 했지만. 그 아이에 대한 그리움이 사라지고 나니까 너에 대한 감정이 그 자리를 메우더라. 우정인지 사랑인지 계속 헷갈리는 감정 때문에 나 참 많이 힘들었어. 그런데 내가 다가갈 틈도 없이 너는 또 다른 사람 곁으로 갔지. 그것도..."

"그만! 그만해 수호야."

양희는 눈물을 터뜨리며 손에 얼굴을 묻었다. 수호는 멈추지 않았다.

"아니. 끝까지 들어. 니가 유부남과 사랑에 빠졌다고 했을 때 내가 얼마나 분노하고 절망했는지 넌 상상도 할 수 없을 거야. 너에게 티를 안 낼 수 있었던 건 그만큼 너로부터 멀어지려고 애썼기 때문이야. 너를 만나고 처음으로 널 비난했어. 나를 몰라주는 너를 비난했고 스스로를 불쌍하게 만들면서까지 헛된 남자한테 매달리는 못난 너를 비난했어."

"넌 나에게 아무런 비난도 하지 않았잖아."

"그러게 말이야. 참 웃기더라. 그렇게 속으로 비난하면서도 결국 나는 너를 못 떠났어. 오히려 니 연애상담을 들어주었지. 그런 걸 보면 결국 우린 친구일 수밖에 없는 걸까?"

양희는 아무 말도 할 수 없을 정도로 격하게 울었다. 수호가 그녀를 안아주었다.

"울지 마 친구야."

꿈결처럼 편안한 수호의 품속에서 양희는 천천히 평정을 찾았다. 그의 품은 양희가 만났던 어떤 연인의 품보다 더 편안했다. 그는 여전히 그녀를 안고 등을 두드리며 말했다.

"고백하고 나니까 시원하네. 이제는 겁 안나. 이런 고백을 해도 우리는 여전히 친구일 수 있다고 믿어. 너도 서른이나 됐으나 그 정도 여유는 있겠지?"

양희는 입이 떨어지지 않았다. 오열 속에서 그녀는 깨달았다. 그녀 역시 오래전부터 수호를 좋아하고 있었음을. 10년 동안의 짓궂은 엇갈림 탓에 감정을 제대로 보지 못했을 뿐. 그 감정이 사랑인지 우정인지 확신할 수는 없다. 사랑이라고 하더라도 고백할 엄두가 안 난다. 염치가 없어서다. 수호처럼 괜찮은 연인을 가질 자격이 있을까 싶은 생각이 들었다.

니 눈에 내가 얼마나 한심해 보이겠니?

그녀는 복잡한 생각을 털어놓는 대신 이렇게 말했다.

"미안해."

양희는 떠나고 싶지 않은 수호의 품속에서 그저 기도할 뿐이었다. 조금만 더 기다려달라고. 그러나 이어진 수호의 말이 그녀 가슴을 쳤다.

"뭘 그렇게 미안해 하냐. 사람의 감정이 같은 순 없어. 내가 너를 사랑하는데 너는 나를 친구로만 생각한다 해도, 그게 뭐 어때. 그리고 나 마음 많이 정리했어."

수호는 꼭 안고 있던 팔을 풀었다. 그는 언제 심각했냐는 듯 다시 예전의 유쾌하고 부드러운 남자로 돌아갔다.

"다음 주에 네팔에 가."

"누구랑?"

"혼자. 여름휴가도 못 가고 해서. 이렇게 털어내고도 남은 감정이 있으면 히말라야 산에 다 놔두고 오게. 존나 멋있지?"

양희는 진심을 말하고 싶었으나 차마 입이 떨어지지 않았다.

"마지막으로 한잔 하고 갈래. 벌써 11시 반이다. 나 내일 새벽반 보충수업 있어."

수호는 능숙한 솜씨로 탱보주 한 잔씩을 더 만들었다. 멀리 강 건너 한강시민공원의 모습이 내려다보였다. 마치 지금 거기에 스무 살의 양희와 수호가 있을 것만 같았다. 여기 하얏트 호텔을 바라보며.

양희는 그들에게 말해주고 싶었다. 용기를 내라고. 인생의 엇갈림은 용기 없이는 바로 잡지 못한다고. 시간이 지날수록 더 멀리 엇갈리게 되고 더 큰 용기가 필요하게 된다고.

"건배할까?" 수호가 잔을 들고 양희도 잔을 들었다.

쨍, 글라스가 부딪치는 동시에 수호가 말했다.

"우정 만세!"

탱보주 칵테일을 비운 뒤 그는 별 말없이 떠났다. 양희는 멍하니 그를 떠나보내고 말았다. 얼빠진 사람처럼 한참을 앉아 있다가 핸드폰을 들어 카톡을 썼다.

─다시 방으로 와 줄래? 나도 할 얘기가 있어.

그녀는 전송 버튼을 누르지 못했다. 그녀의 손가락이 액정 위를 떠도는 동안 그날의 마지막 1초가 지나갔다.

화요일. 제이제이 마호니. 태인.

몇 달 만에 만난 민호는 여전히 천박해 보였다. 그래. 천박함이라는 단어만큼 민호를 잘 표현하는 단어가 있을까? 민호는 몇 달 전에 새로 산 태인의 아우디 A7의 조수석에 앉아 차를 둘러보며 말했다.

"A7은 왠지 실제보다 더 멋져 보이려고 애쓰는 놈들이 타는 차 같기도 해. 정말 차를 잘 알고 좋아해서 A7을 타는 사람들도 있겠지만 너는 그렇지 않잖아. 이왕 가우 잡을 거면 돈 좀 더 보태서 CLS나 그란쿠페를 타지 그랬냐."

좆도 없는 새끼가 아는 척도 참 많이 한다. 속으로 비웃으며 태인이 물었다.

"너는 요즘 뭐 타고 다니냐?"

"나? 비머 320."

맞다. 재작년쯤인가 본 적이 있었다. 그것도 신형도 아니고 구형 3시리즈였다. 그런 놈이 CLS가 어떠네. 그란쿠페가 어떠네. 떠들어? 병신 같은 놈.

같은 고등학교 출신이었던 민호는 여러모로 별 볼 일 없는 놈이었는데 딱 한 가지 재주가 있었다. 말을 잘했다. 어떤 주제가 나오든 거침없이 대화를 이끄는 재주가 있었다. 그것도 빤한 얘기가 아니라 귀를 잡아 끄는 솔깃한 얘기로. 예를 들면 이런 식이었다.

대학교 2학년 때였나? 민호하고 같이 나간 미팅 자리에서 영화 이야기가 나온 적이 있었다. 누가 봐도 그 자리에서 제일 예쁜 여학생이 영화를 무척 좋아했다. 그녀는 자기 인생의 명대사라며 영화 〈포레스트 검프〉의 대사를 인용했다.

-인생은 초콜릿 상자와도 같아서 어떤 초콜릿을 꺼내 먹을지 알 수 없다고 하잖아요. 로맨틱하지 않아요?

그때 민호가 영화광이라도 되는 것처럼 느긋하게 말을 이었다.

-여주인공 제니의 말이죠. 저도 그 영화 참 재미있게 봤어요. 제가 제일 인상 깊었던 대사는 영화 〈엑소시스트〉의 대사에요. 공포영화라서 싫어하는 분들도 많으니까 구체적인 얘기는 안 할게요.

영화를 좋아하던 퀸카 여학생은 얘기해달라며 민호를 졸랐다. 다른

494 9944
A7
Vorsprung durch Technik

여학생들도 궁금한 눈치였다. 모두의 귀가 쏠린 가운데 민호가 말했다.

―영화 〈엑소시스트〉는 악령이 씐 꼬마 여자애가 주인공이잖아요. 주인공 아이 집에 아빠 친구들이 놀러 와요. 꼬마는 아빠 친구들에게 갑자기 악담을 하고 저주를 퍼붓죠. 그중에서 우주비행사인 아저씨가 있었어요. 물론 꼬마는 그 아저씨가 우주비행사인 줄은 몰랐고요. 갑자기 그 아저씨한테 꼬마가 말해요.

결정적인 순간에 민호는 딱 멈추었다.

―아… 진짜 초면에 이렇게 예쁜 분들 앞에서 이런 얘기해도 되나?

그러자 여자들이 난리가 났다.

―빨리 얘기해 봐요. 그래서 그 꼬마가 우주비행사 아저씨한테 뭐라고 했는데요?

민호는 자신이 악령 씐 꼬마라도 된 표정과 목소리로 말했다.

―넌 우주에서 뒈질 거야.

딱 1초 있다가 웃음이 터졌다. 민호는 영화광이면서 유머러스한데다 터프하기까지 한 매력남의 이미지를 얻으며 그날 퀸카 여학생과 맺어져서 몇 달을 재미있게 만났다.

태인과 민호는 고등학교 동기들 중에 그래도 좀 놀 줄 안다는 축이었다. 둘의 스타일은 여러모로 달랐다. 성격부터가 그랬다. 태인이 적극적이고 치열한 타입이었다면 민호는 팔자 좋은 한량 같은 면모가 있었다.

동문회에서 공공연히 인정하는 킹카는 태인이었다. 그런데도 이상하게 여자들은 민호에게 더 많이 꼬였다. 태인은 의아했다. 객관적인 부분을 보자면 민호가 나은 점이 전혀 없었다. 당장 대학부터가 비교거리가 아니었다. 태인이 서울대학교 치의대생인데 비해 민호는 지명도가 한참 떨어지는 대학교의 경영학과 학생이었다. 얼굴도 태인이 훨씬 나았다. 180cm가 훌쩍 넘는 태인에 비해 민호는 남자치고 작은 키였다. 몸이 좋은 것도 아니고 그냥 좀 마른 체형.

여자를 대하는 태도도 달랐다. 졸업할 즈음부터 어느 정도 '사이즈'가 맞는 신붓감을 찾던 태인과 달리 민호는 시종일관 자유연애의 홍보대사인 양 열정적인 연애를 거듭했다. 같이 다니기 민망할 정도로 못생긴 여자와 동네에서 팔짱을 끼고 다니며 히히덕거리는 민호를 보고 불쾌했던 적도 있었다. 그런 민호가 한심해 보였지만 별로 친한 사이가 아니었기에 충고를 할 일까진 없었다.

졸업 후에는 더욱 만날 일이 거의 없었다. 태인은 일치감시 병원을 차리고 자리를 잡았다. 간혹 들리는 소문에 의하면 민호는 작은 컨설팅 회사에 취직했다고 했다. 그 뒤로 민호의 소식을 들을 일은 없었다.

태인의 인생은 갓 닦은 고속도로처럼 매끈하고 평탄했다. 치과는 차리자마자 자리를 잡고 손님이 북적거렸고 몇 년 안 되어 두 곳이나 분점을 냈다. 결혼 3년 만에 딸 하나 아들 하나를 얻었고 아이들은 건강하게 잘 컸다. 아름답고 현명한 아내는 그에게 헌신적이었고 아들에게도 시댁에도 잘했다. 걱정거리를 애써 찾으려고 해도 찾을 수 없는 일상이 이어졌다.

　태인은 가정에 대해서도 병원에 대해서도 가장과 원장으로서의 자부심이 대단했다. 그림 같은 인생을 산다는 자부심이 하늘을 찔렀다. 다만 어제와 똑같은 오늘, 오늘과 똑같은 내일이 되풀이될 운명이라는 것이 문제였다. 예상치 못했던 괴물이 슥 나타났다. 못 본 척하려고 해도 권태라는 괴물은 모퉁이에서 팔짱을 끼고 그를 비웃었다.

　－이런 재미없는 인생을 성공이라고 생각한다면 마음껏 성공에 만족하라고.

　괴물의 비웃음에 나날이 괴로워하던 5년쯤 전의 어느 재미없는 날이었다. 병원 식구들과 연말 회식 겸 하얏트의 클럽 제이제이 마호니에 갔다. 여느 회식처럼 따분하고 무의미한 회식. 작년 연말 회식도 그랬고 내년 연말 회식도 그렇겠지. 간호사들도 페이 닥터들도 다 뻔한 얘기만 한다. 뻔한 덕담에 뻔한 고민, 뻔한 농담.

　피로에 따분함까지 겹쳐 컨디션이 좋지 않았던 태인은 한 시간을 못 견디고 바람을 쐬러 밖으로 나가는 길이었다. 멀지 않은 자리에 낯익은 얼굴이 있었다. 민호였다. 청바지에 폴로셔츠를 입은 민호는 아직 20대 후반 정도로 보였다.

　－반갑다 친구야!

　민호는 태인을 무척 반가워했다. 놈은 한눈에 봐도 여대생으로 보이는 어린 여자와 둘이 있었다. 태인을 본 민호는 무척 반가워하며 함께 있는 여자친구를 소개시켜주었다.

―내 여자 친구야.

태인은 얼떨떨한 기분으로 미성년자처럼 앳되어 보이는 여자와 인사를 나누었다. 잠깐. 이 녀석 아직 총각인가? 갔다 왔나? 민호가 결혼했다는 얘기를 못 들은 것 같기도 했다. 민호는 여자에게도 태인을 소개시켜주었다.

―인사해. 여긴 오빠 고등학교 동기야. 김태인 원장님. 잘생겼지? 이 오빠 돈도 엄청 벌어. 우리 동기들 사이에선 유명하지.

태인과 민호는 서로 전화번호를 주고받았다. 태인은 바람을 쐬려고 하던 생각을 깜빡 잊고 다시 자리로 돌아갔다. 병원 식구들과 있는 자리에서 민호의 자리가 보였는데 애정행각이 난리도 아니었다. 술에 취해 흐느적거리는 여자와 아슬아슬한 스킨십을 멈추지 않았다. 둘의 얼굴에 웃음이 떠나지 않았다.

태인은 묘한 열패감에 사로잡혔다. 민호는 분명히 태인보다 훨씬 더 행복해 보였다. 더 기분이 나빠진 태인은 몸이 안 좋다는 핑계를 대고 오래 안 있고 제이제이를 떠났다.

다음날 점심시간쯤 태인은 민호로부터 문자를 받았다.

―어제 잘 들어갔니? 내 여친이 너 잘 생겼대ㅋㅋㅋㅋ

문자마저도 짧고 천박했다. 태인은 그냥 짧은 답장을 해주려다가 문득 전화를 걸었다. 여친이 몇 살인지가 궁금해서였다.

천박한 동창생과의 길지 않은 통화가 인생의 방향을 바꿔버릴 줄은 꿈에도 몰랐다. 아니, 민호의 역할은 단지 도화선에 불을 붙인 것뿐이었을까?

민호는 태인과 비슷한 시기에 결혼을 했다. 이제 초등학교에 막 들어간 딸 쌍둥이를 키우며 잘 지내고 있다고 했다. 제이제이에서 본 여자친구는 스물한 살. 한양여자전문대학교 2학년에 재학 중이라고 했다.

-만난 지 세 달 됐어. 한창 뜨겁고 좋을 때지.

민호의 말에 태인은 가슴에서 뭔가가 치밀어 올랐다. 그는 감정을 숨기고 물었다.

-그런 애들은 어디서 만나니?

-몇 달 전에 홍대 클럽에 오랜만에 갔다가 만났어. 애가 순수하고 착해. 어린 애가 이해심도 많고.

-홍대 클럽도 다니니?

-30대 초반까지는 다니다가 요즘은 잘 안 갔는데. 그날 후배 놈이 하도 가자고 해서. 우리 애기를 만날 운명이었나 보지. 하하하.

전화기로 들리는 민호의 목소리는 재미있는 인생을 사는 남자만이 낼 수 있는 호방감이 넘쳤다. 그다음에 이어진 말이 결정적으로 태인의 심기를 건드렸다.

-너도 여자 친구 있으면 한 번 같이 보자. 더블데이트.

-바람피우는 게 자랑이냐?

-하하하. 자랑은 아닌데 뭐 어때. 재밌잖아. 내가 총각 행세를 하는 것도 아니고. 야. 어차피 한 번 살고 갈 인생이야. 재미있고 행복하게... 무엇보다 스스로에게 솔직하게 사는 게 좋지 않니?

졌다. 완패였다. 전화를 끊자 갑자기 숨이 막혔다. 태인은 병원 건물 옥상으로 올라갔다. 건물 아래를 내려다보았다. 제각기 다르게 생긴 사람들이 제각기 다른 이유로 제각기 다른 길을 가고 있었다. 오직 그만이 갇혀 있었다. 병원과 가정에. 번듯하다는 것을 빼면 감옥과 다를 게 무엇인가?

그는 아내를 생각했다. 졸업과 동시에 선을 봐서 결혼한 아내는 박색이라거나 매력이 없는 여자는 아니었다. 선 자리에서 보기 어려운 미인형에 몸매도 탄탄했다. 살림도 똑 부러지게 했고 애들 교육에도 열성이었다. 양쪽 부모님들에게도 잘했다. 내조도 훌륭했다. 아내로서 흠잡을 데 없는 여자였다. 그게 문제였다. 흠잡을 데 없이 집밖에 모르는 여자였다. 그래서 태인도 집밖에 모르는 패밀리 맨 흉내를 내고 있었다.

그는 스스로에게 물어보았다. 아내를 사랑하는지. 대답은 금방 돌아왔다. 선을 봐서 결혼할 때부터 아내는 좋은 신붓감이었지 그가 좋아하는 여자는 아니었다. 몇 달 동안 연애하는 도중에 덜컥 임신이 되어 결혼한 케이스였다. 아내는 여전히 그를 사랑하고 그를 유일한 남자로서 원하고 있었다. 그러나 그는 아니었다. 게다가 아내는 잠자리에서 유난히 소극적이었다. 남자경험이 별로 없어서인지 결혼생활을 하는 내내 섹스에 적극적이었던 적이 한 번도 없었다. 태인이 다양한 체위를 시도하려고 하면 당황해 할 정도로.

스스로에게 솔직해지고 나자 망설일 일이 없었다. 태인은 다시 민호에게 전화를 걸었다. 대학 시절 친구에게 전화를 걸어 줄리아나 나이트에 놀러 가자고 할 때와 비슷한 기분으로, 적어도 그런 기분인 것처럼 연기를 하면서 말했다.

-민호야. 너 시간 될 때 한 번 놀러 가자. 나도 여친이나 하나 만들어야겠다.

민호는 깔깔대고 웃었다. 모욕감이 들었지만 아쉬운 쪽은 그였기에 천박한 웃음소리도 참아냈다.

-그러지 말고 우리 애기 친구 하나 더 불러서 놀까? 넌 계산만 해. 너 돈 잘 번다고 소문 많이 났더라. 가라오케 한 번 쏴라.

며칠 뒤 태인은 민호와 민호의 여자친구, 그리고 그녀의 친구와 함께 청담동 가라오케 돔에서 놀았다. 그는 두 가지를 인정하지 않을 수 없었다. 이게 바로 그가 원하는 삶이라는 것과 당분간은 민호에게 도움을 받아야만 한다는 것.

그날 같이 놀았던 여대생과는 그 뒤에 따로 만났다. 태인은 들떴다. 스물한 살 여대생의 육체는 이미 눈가에 주름이 지고 가슴이 늘어진 와이프하고는 차원이 달랐다. 존재 자체로서 권태의 늪에 빠져있던 남성을 자극했다.

그녀는 자연스럽게 손을 내주었고 술집 계단을 오르내릴 때는 팔짱도 꼈다. 팔에 지그시 눌리는 팽팽한 젖가슴이 그의 기대감을 부풀게 했다. 몇 번을 더 만난 뒤 집에 바래다주는 차에서 키스하려던 참에 그녀가 태인을 밀어냈다.

－오빠가 되게 좋은 사람이라는 건 알겠는데요. 진지하게 유부남을 만나는 건 부담스러워요. 그냥 좋은 오빠 동생으로 지내요.

자존심에 스크래치가 크게 났다. 태인은 그녀와 연락을 끊었다. 민호에게 부탁을 해서 다른 루트를 찾아봐 달라고 했다. 민호는 잠시 생각하더니 처방전을 내려주었다.

－레드 루팡 어때?

－레드 루팡?

－성인나이트야.

갑자기 화가 버럭 났다. 성인나이트라니. 자존심이 있지. 내가 그런 데를 어떻게 가나? 똑같이 천박해지라는 얘긴가? 태인은 바로 싫다고 거절했다. 민호는 무림의 고수가 철없는 수련자를 타이르듯 여유로운 목소리로 설득했다.

－친구야. 쉬운 것부터 차근차근 배워야 하지 않겠니? 물론 거기 가면 20대 초반의 싱싱한 애들은 없어. 맞아. 서른 후반부터 사십 대 아줌마들이 득실거리지. 하지만 그만큼 쉽게 따먹을 수 있어. 아니. 쉬운 정도가 아니라 그냥 백 프로 먹을 수 있어.

태인은 고민 끝에 다음 주 주말에 민호를 따라 레드 루팡으로 향했다. 민호의 말이 맞았다. 성인나이트클럽은 외롭고 할 일 없는 아줌마들로 미어터질 지경이었다. 쉴 새 없이 아줌마들이 손목을 잡혀 들어오는 룸 안에서 태인은 점점 더 마음이 불편해졌다. 잠깐 둘이 있는 사이 민호에게 말했다.

–여긴 나하고 안 맞는 거 같다. 20대 예쁜이까지는 바라지도 않아. 와이프보단 조금이라도 나아야 할 거 아냐. 와이프가 서른넷인데 지금까지 들어온 여자들 중에 제일 어린 여자가 서른여섯이야. 이건 좀 아닌 거 같다.

–우리 와이프는 서른셋이야.

–그런 데 왜 이런 데를 오니?

–와이프보다 나이도 많고 와이프보다 못생겼을 수도 있지만… 어쨌든 와이프는 아니잖아.

태인은 그때 생각했다. 이 녀석이 나보다 무능하고 천박할지는 몰라도 허를 찌르는 재주는 있다고. 민호가 계속 말했다.

–게다가 우리는 여기서 왕이야. 서른여섯 살에 멀쩡한 직장이 있고 말발까지 세우는 남자면 레드루팡에서 상위 1%야. 누나들이 환장하지. 나는 가끔 왕 대접받고 싶을 때 여기 와.

그 뒤로도 많은 아줌마들이 방에 들어왔다. 민호는 정말 자연스럽게, 프로답지 않으면서도 능수능란하게 누님들을 대했다. 머리가 좋고 적응이 빠른 태인은 금방 감을 잡았다. 몇 시간이 지나자 태인도 순진한 치과의사 코스프레를 제법 할 수 있었다. 민호는 여자를 고르는 법에 대해서도 얘기해주었다.

　－어떤 아줌마냐에 따라 공략법이 달라. 제일 작업이 쉬운 여자들은 왕년에 좀 놀았다고 자부하는 아줌마들이야. 기본적으로 끼도 있고 잘 주는 편이지. 게다가 자기가 남자한테 안 속는다고 자신하거든. 그러니까 오히려 속여먹기 쉽지. 반대인 순진한 여자들에게는 조금 더 신중하게 접근해야 해. 속도를 늦춰야지. 천천히 조심스럽게. 물론 술 먹고 꽐라 되는 아줌마들이야 뭐 그냥 데리고 나가면 되고.

　실제로 밤 열 시가 넘어가자 잔뜩 취한 아줌마들이 룸에 들어왔다. 민호는 태인이 보는 앞에서 아줌마 한 명의 블라우스 단추를 다 풀어버리기도 했다. 결국 그 아줌마는 민호와 뒤엉켜 한참 키스까지 했다. 민호는 한참 주무르다가 웨이터를 불러 여자를 내보냈다. 의아했던 태인이 물어보았다.

　－그 아줌마 얼굴도 예쁘장하게 생겼고 많이 취했던데 왜 안 데리고 나가?

　－내일 아침에 골프 약속이 있어. 오늘은 너를 위한 날이니까 원나잇 시도해봐. 너 정도 사이즈면 취한 아줌마 하나 데리고 나가는 건 일도 아냐. 와이프한테는 얘기 잘하고 나왔지?

　－호텔 잡아놨어. 지방 세미나라고 했어.

-자식. 학교 다닐 때도 그렇게 준비성이 철저하더니. 너 보이스카우트였지?

결국 그날 태인은 여자를 데리고 모텔로 들어갔다. 그보다 세 살 많은 서른아홉 살의 유부녀였다. 태인에게는 결혼하고 처음 있는 외도였다. 금단의 과실에 손을 대는 스릴 때문인지 와이프와의 규칙적인 섹스하고는 비교도 안 되는 쾌감을 느꼈다. 게다가 여자는 미국에 이민을 갔다가 처가 쪽에 일이 생겨서 혼자 일주일 동안 한국에 들어온 상황이었다. 아예 자고 가겠다고 했다. 퍼펙트한 밤이었다.

문제는 다음 날 아침이었다. 먼저 일어나서 여자를 본 태인은 자괴감에 사로잡혔다. 아침 햇살에 알몸이 드러난 여자는 더도 아니고 덜도 아닌 아줌마일 뿐이었다. 전날 밤에야 동물적인 욕구의 힘으로 두 번이나 여자를 안았지만 밝은 아침에 보니 안고 싶은 마음이 확 달아났다. 그 여자보다 더 어리고 예쁜 와이프한테 미안해졌다.

-자기 일찍 일어났네. 어젯밤에 피곤했을 텐데.

여자가 눈을 뜨면서 태인을 안았다. 태인은 그녀를 포옹해주고 대충 핑계를 댔다. 집에 빨리 들어가 봐야 한다며 서둘러 모텔을 나왔다.

그는 고민했다. 성인나이트클럽은 다시 가고 싶지 않았다. 하릴없이 득실거리는 아줌마들도 싫었지만 그런 아줌마랑 어떻게 해보려는 한심한 남자들과 한통속이 된다는 게 싫었다. 남자가 오죽 못 나가면 아줌마들 꼬시러 성인나이트를 가나? 차라리 룸살롱에 가서 돈을 주고 어린 아가씨를 만나는 게 낫겠다 싶었다.

자존심이 상하지만 다시 민호에게 도움을 청했다. 그는 솔직한 심정을 이야기했다. 민호는 예의 천박한 웃음을 흘리며 잘난 척을 했다.

―태인아. 니가 나처럼 스물한두 살 어린 애들을 만나는 건 솔직히 내가 보기에 어려워. 뭐 돈질을 하면, 용돈 쥐가면서 만날 애들이야 있겠지만 니가 그런 방식을 원하는 건 아니잖아?

좆도 아닌 새끼가 우월한 척하는구나. 부아가 치밀었지만 아쉬운 쪽이 참아야지. 태인은 응, 응, 대답하며 분을 삭였다.

―성인나이트는 너무 심하게 격이 떨어져서 싫고… 그렇다고 니가 여대생들하고 어울릴 능력은 없고… 니 수준에 딱 맞는 곳이 있네. 제이제이 마호니.

왜 거기를 생각 못했을까? 대학 시절 여자를 찾기 위해 드나들던 곳은 주로 줄리아나 나이트클럽이었다. 그때 태인이 생각했던 제이제이 마호니는 뭐랄까, 좀 나이가 든 사람들을 위한 만남의 장소였다. 이제 그 나이가 된 것이다. 민호는 레드루팡과 제이제이의 차이를 이렇게 설명했다.

―본질은 같아. 다만 레드루팡에 외로운 아줌마들이 넘쳐난다면 제이제이에는 외롭지만 그렇지 않은 척하는 아줌마들이 온다는 정도? 연령층은 대여섯 살 정도 어려. 레드루팡이 30대 중반부터 40대 중반이라면 제이제이는 20대 후반에서 30대 후반 정도가 많지.

　얼마 뒤 민호와 함께 출동한 제이제이에서 태인은 세 명의 여자 번호를 얻었다. 다음날 모두에게 문자를 보냈고 그중 두 명이 애프터 약속에 걸려들었다. 한 명은 스물여덟 살의 대학원생이었고 또 한 명은 서른다섯 살의 유부녀였다. 민호의 설명이 정확했다. 두 명의 여자 모두 외롭지만 외롭지 않은 척했고 태인은 그 틈새를 파고드는데 성공했다.

　몇 달 지나지 않아 태인은 두 명의 여자와 모두 잤고 연인관계로 발전했다. 연애를 하면서 태인은 유부남이 여자를 다루는 열 가지 수칙을 이론적으로 정립했다.

　첫 번째. 선수 티 내지 말고 진심으로 여자를 대하는 척해라.

　두 번째. 예쁘다, 어려 보인다는 칭찬을 효과적으로 구사해라.

　세 번째. 처음부터 적극적으로 나가지 말고 젠틀한 첫인상을 남겨라. 매너 있게 얘기하고 적당히 술 마시다가 번호만 따는 정도로.

　네 번째. 순서를 잘 지켜라. 다음날 간단하게 안부 인사 문자. 며칠 뒤에 커피 약속. 그다음이 식사. 몇 번 더 데이트하다가 손잡는 정도의 스킨십. 그다음이 분위기 봐서 술이다. 충분히 취했다 싶으면 취기를 이용해 사랑 고백을 하고 데려가서 따먹어라.

　다섯 번째. 절대로 마음을 주지 말되, 마음을 다 준 것처럼 연기해라.

　여섯 번째. 와이프하고는 사이가 안 좋은 것처럼 말해라. 섹스리스 설정이 베스트.

일곱 번째. 일 때문에 바쁜 척하고 와이프 때문에 연락하기 힘든 척해라. 그래야 귀찮지가 않고, 상대 여자를 애태울 수 있고, 심지어 동정심마저 유발할 수 있다. 이 남자가 힘들게 애를 써서 나를 만나고 있구나 하는 식의. 게다가 연락하기 힘든 설정을 만들어놔야 다른 여자도 몰래몰래 만날 수 있다. 결정적으로, 정말로 사랑하는 여자도 아닌데 괜히 시간 많이 쓰면 나중에 버릴 때 속 아프다.

여덟 번째. 돈은 최대한 많은 척하고 최대한 아껴서 써라. 집안과 연봉은 아무리 뻥튀기해도 여자는 알 길이 없다. 의외로 집안과 고소득에 혹하는 여자들이 많다. 반대로 실제 쓰는 돈은 최대한 아껴라. 정말로 사랑하는 여자도 아닌데 나중에 버릴 때 속 아프다. 여자가 서운해 하면 와이프 핑계대면 된다. 연락을 자주 할 필요 없는 이유와 같다. 유부남으로서의 메리트를 적극 활용할 것.

아홉 번째. 절대로 먼저 헤어지자는 얘기를 하지 마라. 여자가 지치면 알아서 떨어져 나간다. 여자는 애가 타고 괴로워하는 만큼 상대를 더 사랑한다고 착각하는 습성이 있다. 시간을 끌면 끌수록 남자가 유리하다.

열 번째. 두 명을 한꺼번에 만나라.

술을 마시다가 열 가지 수칙을 얘기해주자 민호가 물었다.

―다 이해가 가는데 열 번째 룰은 좀 이해가 안 간다. 어째서 두 명이지?

태인은 자신만만하게 대답했다.

-감정을 빼앗기지 않기 위해서지.

-감정을 빼앗기지 않기 위해서?

-봐봐. 물론 개개인마다 차이는 있지만 대부분의 남자는 편한 관계를 원해. 여자들은 반대야. 신경을 써주길 바라고 돈과 시간과 감정을 주길 바라지. 아까 시간과 돈을 아끼는 방법에 대해선 얘기했지? 일 핑계 와이프 핑계를 대면 수월하다고. 그렇게 하려면 감정을 빼앗기지 말아야 해. 사랑에 빠지지 말란 얘기야. 일단 사랑에 빠져버리면 남자는 돈과 시간을 들이게 되어 있어.

-그래서, 우리 김태인 원장님께서는 철저한 엔조이 관계만 유지하시겠다?

-나는 그래. 물론 상대 여자에겐 내가 진짜로 사랑에 빠진 척해야지. 헤어진 다음에도 '그래도 그 남자가 나를 무척 사랑한 건 사실이야' 라고 철석같이 믿게 만들 정도로 말이야. 그러려면 두 명의 여자를 동시에 만나는 게 좋아. 더 재미있기도 하고. 말하자면 A라는 여자와 일주일에 두 번 만나는 것보단 A라는 여자와 B라는 여자를 한 번씩 만나는 게 낫다는 얘기지. 어차피 일주일에 두 번 시간을 낼 거라면 말이야.

-뭘 그렇게 복잡하게 연애 하냐? 남자나 여자나 외로우면 서로를 찾는 게 당연한 거지. 그렇게 만나다 사랑에 빠지면 또 어때?

-이런 데서 만나는 여자한테 사랑까지 주고 싶진 않아.

─야. 너도 여기서 여자를 찾잖아.

─민호야. 남자랑 여자랑 똑같니? 남자와 여자에 대한 인식은 여러 면
에서 달라. 이를테면, 경제력 부문에서는 남자에게 엄격하고 여자에게
관대해. 돈 못 버는 남자는 무능하다고 무시당하지만 돈 못 버는 여자를
그 정도로 한심하게 여기지는 않잖아. 성에 대해서는 반대지. 남자에게
관대하고 여자에게 엄격하지. 똑같이 성적으로 헤퍼도 남자는 카사노바
로 불리고 여자는 걸레라고 불리잖아. 그게 대부분의 사람들이 공유하
는 관념이라고.

태인은 말을 하면서 자신과 아내를 생각했다. 능력 있는 카사노바 남
편과 집밖에 모르는 정숙한 아내. 최상의 조합이다. 제이제이에 올 때마
다 태인은 우월함에 뿌듯해졌다.

스스로 만들어 낸 열 가지 수칙은 전설의 비법서나 마찬가지였다. 처
녀고 유부녀고 똑같이 태인에게 목말라했다. 태인은 돈도 시간도 별로
들이지 않고 편하게 여자들을 만나 데이트와 섹스를 즐겼다. 다만 연기
는 확실하게 했다. 그는 주기적으로 메시지를 전달했다. 이런 식의.

─너를 사랑하면 할수록 현실이 나를 힘들게 하는구나.

여자들은 태인에게 서운해하는 동시에 미안해했다. 엄청 바쁜 일과
가정사에도 불구하고 자신을 위해 어렵게 시간을 낸다고 믿었다. 그러
다가 지쳐갔고 그럴수록 더 고통스러워했고 그럴수록 실제보다 더 그를
사랑한다고 착각하며 슬퍼했다.

태인 입장에서 어느 정도 만나서 슬슬 싫증이 난다 싶을 때쯤 되면 고맙게도 여자 쪽에서 먼저 이별을 선언했다. 둘 중 먼저 이별을 통보한 여자는 대학원생 아가씨였다. 어느새 연기에 물이 오른 태인은 눈물까지 글썽이며 여자를 잡는 척했다. 여자는 이별의 고통마저 진실한 사랑의 마지막 챕터로 여기며 떠나갔다.

민호는 이별 후에 쓸 수 있는 팁을 주었다.

―몇 달쯤 있다가 쓱 한 번 연락해봐. 보고 싶다고, 차나 한잔 하자고 해봐. 그냥 친구로 지내자고. 걸려들면 또 만나는 거지 뭐. 분위기 좋으면 술로 가고. 너도 오랜만에 보면 반갑고 재밌기도 할 걸? 옛날 여자친구 오랜만에 먹으면 그 맛이 또 달라.

태인은 민호의 조언은 조언대로 접수하고 바로 제이제이를 찾아 다른 연인을 구했다. 열 번째 수칙. 항상 두 명을 만날 것. 이번에는 동갑인 유부녀를 꼬셨다. 몇 달 뒤 1년 반쯤 만났던 유부녀하고 헤어지고 또 제이제이에서 새 연인을 구했다. 이번에는 홈쇼핑 모델로 활동하는 미모의 C컵 글래머 이혼녀였다. 앗싸 홈런.

몇 년이 지나자 제이제이는 실내 낚시터와 다를 게 없었다. 금전적으로나 시간적으로 감정적으로나 별로 손해 안 보고 손쉽게 연애질을 하고 쾌락을 얻을 수 있는 곳이었다. 그에게 걸린 여자들은 힘들고 괴로워했지만 그는 편하고 즐거웠다.

이제야 그가 원하는 인생을 살게 되었다. 지고지순한 와이프와 건강하고 똑똑한 아이들, 탄탄한 궤도에 오른 병원에 맘 편하게 갖고 노는 여자들까지. 그는 멋진 남편이자 좋은 아빠이자 잘 나가는 덴티스트이자 애인들을 쩔쩔매게 만드는 매력남이었다.

여자를 구하러 갈 때면 항상 민호를 대동했다. 놈은 여전히 천박했다. 이제 나이가 들었는지 어린 여자친구를 사귀지는 못하는 듯했다.

—요즘 어린애들은 작업이 잘 안 되냐?

태인이 슬쩍 물어보면 민호는 이렇게 대답했다.

—편한 게 좋더라. 애들은 이것저것 맞춰줄 게 많은데 아줌마들은 대충 해줘도 괜찮거든.

민호는 제이제이에서 만나는 여자들은 작업 시간이 오래 걸린다며 성인나이트를 선호한다고 말했지만 태인은 다르게 봤다. 민호의 능력과 수준이 딱 성인나이트에 맞기 때문이라고. 민호는 얼굴이나 몸매, 사는 형편도 보지 않고 별의별 여자를 다 만났다. 태인은 그러지 않았다. 되도록 어린 미혼 여성을 선호했고 유부녀라고 해도 나이와 어느 수준 이상의 외모, 학벌 등을 보고 만났다. 그의 자존심이었다.

비록 민호를 통해 여자 다루는 법을 배웠지만 청출어람이라고 했다. 또 이런 말도 있다. 장미는 어디서도 장미라고. 잡초 같은 민호 녀석하고는 다르지.

태인은 평소에는 민호하고 연락도 잘 안 하고 지내는 사이였다. 지금 함께 제이제이로 향하는 이유도 바로 어제 두 명의 애인 중 한 명이 떨어져 나갔기 때문이었다. 그녀는 제이제이에서 만난 여자가 아니었다. 치과 진료를 받으러 온 환자에게 호기심이 동해 슬쩍 작업을 걸었는데 순진하게 잘도 따라왔다.

역시 열 가지 수칙을 상황에 맞게 응용해 연애를 즐겼다. 충분한 시간에 걸쳐 젠틀하게 만나면서 두근거리는 감정을 쌓아준 뒤, 술을 많이 먹이고 같이 잤다. 일단 여자는 한 번 자고 나면 다루기 쉬워진다. 여성이라는 DNA에 아로새겨져 있는 특질 때문이다. 그녀는 그에게 질질 끌려다니며 만나다가 꼭 1년 만에 이별을 고했다. 태인이 진심으로 자신을 사랑했다고 믿으면서 떠나는 마지막 모습까지, 양희는 아주 정석대로 따라와 준 착한 여자였다.

"오늘은 물이 좀 어떠려나?"

차를 대고 클럽으로 가는 길에 민호가 중얼거렸다. 태인은 빙긋 웃으며 하이터치를 해주었다. 쿵쾅거리는 음악 소리 가득한 클럽으로 들어서는 순간, 목 좋은 낚시터에 들어선 낚시꾼의 행복감이 몸 안에 퍼져 나갔다. 마음도 느긋했다. 와이프에게는 세미나를 간다고 핑계를 걸어놓았다. 하얏트에서 하루 자고 내일 낮에나 병원에 갈 예정이었다. 일찌감치 방도 예약해뒀다.

둘은 자리를 잡고 술을 주문했다. 1년 만에 온 제이제이였다. 애인이 두 명 다 있을 때는 제이제이를 찾지 않았으니까. 태인은 술을 홀짝이며 오늘의 사냥감을 물색했다. 태인처럼 여자를 탐색하는 남자들이 여럿,

눈에 띄었다. 그래 봤자 나보다 하수들. 태인은 강자의 여유로움을 만끽하며 술을 마셨다.

몸이 근질근질해질 때쯤 태인은 일어나서 클럽 안을 한 바퀴 돌았다. 잘 넘어올 것 같은 여자들에게 다가가 대화를 시도하고 명함을 건네고 전화번호를 받았다. 확률은 대략 반반이었다. 한 시간 동안 네 명의 여자들에게 말을 걸었는데 그중에서 두 명이 전화번호를 알려주었다. 한 명은 결혼 5년 차 비행기 승무원이었고 한 명은 피아노를 전공했다는 전업주부였다. 태인은 돌아와서 민호에게 결과를 알려주었다.

"오늘은 둘 다 유부녀네."

민호가 키득거리며 말했다.

"여기서 남자한테 전화번호 주는 아줌마들 말이야. 남편은 지 와이프가 이런 데서 번호 흘리고 다니는지 죽어도 모를 거야 그치?" 태인이 물었다.

"뭐 우리라고 다를 거 있냐? 근데 나는 오히려 처녀보다 유부녀가 더 좋더라."

"그런 점도 있지. 부담도 없고 덜 귀찮게 하니까."

"아니. 그런 게 아니라 그 여자들 남편 때문에 쾌감이 더 커져. 왜 이런 생각 있잖아. 니 마누라 지금 나하고 술도 먹고 떡도 치고 있어. 얼굴도 모르는 놈들이지만 그런 생각이 들면 짜릿하기도 해."

태인은 민호의 말에 고개를 끄덕였다. 그런 생각을 해 본 적은 없지만 그럴 수도 있을 것 같았다. 민호가 덧붙였다.

"나는 설정도 많이 하거든. 그 재미도 쏠쏠해."

"설정?"

"뭐 집안이나 내 수입을 속이는 거지. 한 번은 어떤 아줌마한테 우리 집이 인천에서 몇 번째 땅 부자라고 했는데도 믿더라. 내 연봉도 두 배쯤 튀겨도 다 믿어. 어차피 지가 잘 모르는 회산데 알 길이 있나. 어떤 여자한테는 와이프도 뺑쳤어."

"그게 무슨 소리야?"

"우리 와이프가 고대 병원 교수라고 했거든. 학교 다닐 때는 고대 의대 퀸카였다고. 다 믿더라. 내가 자기 같은 아줌마 만나주는 걸 고마워하는 눈치였어. 크크."

"니 와이프 고대 의대 나왔어?"

"뭔 소리야. 나보다 더 듣보잡 대학교 나와서 돈 한 푼 벌어본 적 없는 사람이야. 퀸카는 무슨. 여자들은 그런 말에 잘 속아. 확인할 길도 없으니까."

그러면서 낄낄거리는 민호를 보자 역겨웠다. 이런 놈에게 놀아나는 여자들이 한심했고 그 남편들은 처량했다. 동시에 안도감도 느꼈다. 정숙한 아내를 가진 그는 얼마나 다행인가. 그는 주변을 둘러보았다. 외롭고 할 일 없지만 안 그런 척 도도하게 앉아있는 여자들. 결국 그에게 놀아날 여자들을 보며 얼굴을 모르는 남편들에게 우월감을 느꼈다.

나는야 도시의 사냥꾼. 하얏트 호텔은 나의 숲. 제이제이는 나의 사냥터라네.

민호는 카톡에 열중하기 시작했다. 보통 때 같으면 맥주를 손에 들고 여자들 번호따러 돌아다닐 텐데 일어설 기미도 보이지 않았다.

"누군데 그렇게 열심히 카톡을 하냐?" 태인이 물었다.

"교수 사모님."

"그게 누군데?"

"한 달쯤 전에 가라오케에서 만났어."

"가라오케에서?"

"아는 형이 나이트에서 만난 여자가 있는데 그 여자 친구들 불러내서 여러 명이 같이 논 적이 있었어. 술도 잘 마시고 노는 폼을 보니깐 잘하면 주겠더라고. 번호 달래니까 주더라. 나중에 연락해서 따로 만났어. 초반에는 공주 대접해주면서 이빠이 공들였는데 요즘은 지가 목메고 있지 뭐. 흐흐."

"잤어?"

"당연하지 인마. 대박이야."

"뭐가?"

"침대에서 날아다녀. 교수 사모님이 술집 여자 같이 군다니까. 생긴 건 얌전하게 생겼는데 겁나 밝혀."

"니가 좋은가보다."

"그런 것도 아니야. 소개시켜 준 형이 그 여자한테는 절대 얘기하지 말라고 했는데 그 형도 술 먹이고 한 번 잔 적 있대."

"제대로 걸레네."

"뭘 또 걸레씩이나. 그러는 우리는 걸레 아니냐? 외로운 사람들끼리 위로하며 사는 거야."

태인은 속으로 민호를 비웃었다. 너는 걸레 맞아. 걸레들하고 노니까. 나는 아냐.

"그런데 참 이상해. 그 여자 안 뒤로는 다른 여자를 못 만나겠어. 사랑인가 싶기도 해." 민호가 꽤 진심을 담은 표정으로 중얼거렸다.

천박한 놈. 넌 여자 만날 때마다 그러잖아. 그런 걸레 같은 년한테 마음이 가냐? 재미나 보고 말아야지.

"나 좀 돌아보고 올게." 태인은 자리에서 일어섰다.

"굿 럭."

민호가 엄지손가락을 들어 보였다. 태인은 맥주병을 손에 들고 천천히 클럽 안을 돌아다니며 적당한 타깃을 살폈다. 좀 위험한 시도이긴 했다. 아까 말을 붙여서 번호를 따낸 여자들 눈에 띄면 바람둥이로 찍혀서 이후 작업이 힘들어진다. 그렇다고 겨우 열 시밖에 안 됐는데 번호 두 개만 폰에 담아두고 그냥 있기는 심심했다.

입구 쪽 바에 앉아있는 여자 두 명이 눈에 들어왔다. 나이는 30대 초반 정도. 외모는 굿. 옷 입은 느낌도 세련됐다. 아까 번호를 받은 여자

둘보다 더 낫다. 오케이.

태인은 여자들 눈에 띄지 않는 곳에서 느긋하게 기다렸다. 둘이 같이 있을 때 말을 걸면 성공할 확률이 떨어진다. 여자들은 친구 앞에서는 실제보다 더 비싼 척하니까. 도도한 척하면서도 사실 여자들도 남자 때문에 제이제이를 찾아오는 거다. 서울에 있는 수많은 바를 제쳐놓고 굳이 남산 중턱까지 찾아오는 데에는 이유가 있다. 남자들이 말도 걸고 번호도 따려고 하는 과정에서 아직 여자로서 매력적이라는 존재감을 확인하는 심리가 존재한다. 바로 그 지점을 파고들어야 함을 태인은 잘 알았다.

십 분쯤 음악에 맞춰 몸을 흔들며 기다리고 있는데 다른 남자 두 명이 접근해서 말을 붙였다. 태인의 눈에도 때깔이 꽤 괜찮아 보이는, 일단 태인보다 한참 더 어려 보이는 남자들이었다. 이런 낭패가 있나. 잠시 뒤 남자 둘이 돌아갔다. 번호를 땄는지 안 땄는지는 모르겠다. 느낌상 오늘 밤에는 저 여자 둘이 제이제이에서 제일 싱싱한 사냥감 같다. 노리는 놈들도 많겠지.

마음이 급해지는 찰나, 여자 둘 중 한 명이 자리를 떴다. 오케이. 기회다. 태인은 남아있는 여자에게 다가갔다. 핫팬츠 아래로 뻗은 다리가 길고 늘씬했다. 무늬가 없는 면티만 걸쳤는데도 스타일이 깔끔하고 예쁘다. 컬이 진 채로 뒤로 늘어뜨린 머릿결에 윤이 흐른다. 얼굴도 조막만하고 이목구비도 귀엽게 생겼다. 가까이서보니 나이는 좀 더 들어 보였다. 서른셋? 넷?

"안녕하세요?" 태인이 말을 붙였다.

여자는 대답 대신 싱긋 웃으며 눈짓으로 인사했다. 여자는 금방 다른 곳으로 시선을 돌렸다.

"여기 자주 오세요?" 태인은 여자 쪽으로 슬쩍 몸을 기울이고 물었다.

"가끔요."

대답이 짧다. 이럴 때 써먹으라고 있는 게 유머다.

"예쁘다는 말은 많이 들어서 지겨우시죠? 그래도 한 번만 더 들으세요. 예쁘시고 스타일도 좋으시네요. 친해지고 싶어요."

그 말에 여자가 픽 웃었다. 바로 다음 단계로.

"저 아무한테나 말 걸고 그런 스타일 아니에요."

"저기요. 저 결혼했어요. 유부녀에요."

"알아요."

"어떻게 알아요?"

"유부남은 유부녀를 알아보죠. 음...... 애는 아직 없죠?"

그 말에 여자는 태인을 돌아보며 웃었다.

"헛다리 그만 짚고 돌아가세요."

"진짜 애 엄마처럼은 안 보이시는데."

"여기 자주 오시나 봐요? 오늘 제가 몇 번째 여자예요?"

"미국에서 오랜만에 온 친구가 하도 오자고 해서 따라왔어요. 몇 년 만에 왔는지 모르겠네요. 두 시간째 친구랑 앉아만 있다가 그쪽 보고 처음 말 거는 겁니다. 대학 졸업하고 여자한테 이렇게 말 걸어보는 거 처음이에요. 그쪽을 뭐라고 불러야 하죠?”

여자는 잠시 망설였다. 과학용어를 빌자면 크리티컬 포인트, 임계점이다. 낚시바늘을 무느냐 마느냐. 찌가 움직였다.

“민지에요. 유민지.”

“전 태인입니다.” 태인은 자연스럽게 명함을 건네주었다. 대부분의 여자들은 이 과정에서 안도한다. 치과병원 원장이라는 타이틀이 주는 안정감 때문이다.

“그러실 일은 없어 보이지만 혹시 치과 진료 필요하시면 언제든 말씀하세요. 어리고 잘생긴 선생님으로 붙여드릴게요.”

“말씀만이라도 고맙네요.”

“나중에 이렇게 시끄러운데 말고 낮에 커피라도 한잔 해요. 연락처 알려주시겠어요?”

태인이 핸드폰을 내밀자 민지는 번호를 찍어주었다. 오케이.

“오늘 재밌는 시간 보내고 가세요. 나중에 연락드릴게요.”

태인은 깔끔하게 인사하고 자리로 돌아갔다. 오늘 번호를 딴 세 명의 여자들에게 언제쯤 카톡을 보낼까 생각하면서. 살짝 기다리게 한 다음, 이틀쯤 뒤가 좋겠지? 되도록 민지가 걸려들었으면 좋겠다.

민호는 미소가 번진 얼굴로 카톡에 열심이었다.

“아직도 교수 사모님하고 카톡질이냐?”

“어어. 또 번호 땄어?”

“응. 상태 괜찮은데? 오늘은 여기까지만 해야겠다. 슬슬 들어갈까?”

좀 이른 시간이긴 하지만 이미 세 명이나 번호를 따 놨다. 괜히 욕심 내서 더 작업하다간 번호를 딴 여자들까지 놓칠 수 있다.

“태인아. 지금 내 여친이 온다는데?”

“여친?”

“교수 싸모 말이야. 이 근처에서 친구하고 술 마시고 있대. 오늘 같이 놀까?”

“좋지.”

완벽한 코스였다. 이미 제이제이에서 할 일은 다 했다. 그냥 호텔 방에 올라가기엔 좀 아쉬웠는데 아주 잘 됐다.

“삼십 분 안에 온대. 오는 대로 나가자.” 민호는 핸드폰을 내려놓으며 태인에게 물었다.

“너 술 안 취했지?”

“응. 맥주 두 병밖에 안 마셨어.”

“애들이 좀 취한 것 같아. 너 시간 되냐? 술 좀 먹이면 각자 데려갈 수도 있겠는데?”

“그래도 처음 보는데 바로 데려갈 수 있을까?”

“하기 나름 아니겠냐? 어차피 놀러 나온 아줌마들인데. 일단 술부터

존나 먹어. 내가 여친 데리고 모텔 갈 때 니가 여친 친구 집에 바래다주 겠다고 하면서 데리고 가.”

술에 만취한 여자를 부축해서 침대에 눕히는, 익숙한 그림이 머리에 떠올랐다. 이렇게 일이 잘 풀릴 수도 있나? 기대하지 않았던 재밋거리가 생길 수도 있겠다는 생각에 마음이 흡족해졌다. 이럴 때는 민호의 천박함이 좋다. 고맙기까지 하다.

30분은 금방 지나갔다. 카톡을 하던 민호가 태인의 어깨를 툭 쳤다.

“왔대. 나가자.”

“오케바리.”

“이태원에 가서 마시자. 내가 또 그쪽은 빠삭하잖니.”

태인은 민호와 함께 클럽을 나섰다. 바람이 선선했다. 걱정거리는 하나도 없고 건수는 줄줄이 있는 완벽한 밤이었다. 태인은 남산의 상쾌한 공기를 들이마셨다.

나는 서울이라는 메트로폴리스의 먹이사슬 제일 꼭대기에 서 있다. 아무도 나를 상처 주지 못한다. 나는 앞으로도 계속 가해자이며 포식자일 것이다. 모든 것을 통제하고 조종할 것이다.

여자들은 호텔 로비 앞에서 기다리고 있었다. 장난기 많은 민호가 달려가더니 그의 여친으로 보이는 여자를 끌어안고 이마에 입을 맞췄다. 옆에 서 있던 친구가 그 모습을 보고 까르르 웃었다.

인사를 하려고 여자들 앞에 선 태인은 입을 벌릴 수도 다물 수도 없었다. 잠시 꿈인가 싶었다. 민호의 품에 교태 섞인 표정으로 안겨있는 여자는 그가 잘 아는 여자였다. 민호가 그녀에 대해 알고 있는 정보들 중에 몇 가지는 여자의 거짓말이 틀림없었다. 일단 그녀의 남편은 교수가 아니라 치과의사였다. 거짓말 속의 남편이 아니라 진짜 남편과 마주친 여자 역시 아무 말도 하지 못한 채 굳어버렸다.

오직 민호만이 신이 나서 여자친구를 소개했다. 그의 말은 들리지도 않았다. 사실 들을 이유도 없었다. 13년이나 같이 산 아내, 집에서는 건표 엄마라고 부르는 여자를 굳이 남에게 소개받을 필요는 없으니까. 그러나 이번만큼은 늘 입에 익숙하게 붙어있는 '건표 엄마'라는 호칭이 나오지 않았다. 아내 역시 남편을 '건표 아빠'라고 부르지 못했다.

몰랐던 아내의 근황을 전해주던 민호의 목소리가 귀에 웅웅거렸다.

술도 잘 마시고 노는 폼을 보니깐 잘하면 주겠더라고. 번호 달래니까 주더라. 몇 번 연락하다가 따로 만났어. 이빠이 공들여서 결국 잤지. 침대에서 날아다녀. 교수 사모님이 술집 여자 같이 군다니까. 생긴 건 얌전하게 생겼는데 겁나 밝혀. 소개시켜 준 형이 그 여자한테는 절대 얘기하지 말라고 했는데 그 형도 술 먹이고 한 번 잔 적 있대.

치명적인 고통이 그를 마비시켰다. 사냥감을 잡으려고 벌려놓은 올무에 목이 잠겨버린 사냥꾼의 모습이 머리에 그려졌다. 어떻게 빠져나가야 할까? 빠져나갈 수 있을까? 이토록 모든 것이 불확실하고 불안했던 순간은 그의 인생에 단연코 없었다. 한 가지는 분명했다. 지금 하얏트에 있는 사람들 중에서 가장 비참한 사람이 누구인지는.

　달은 밝고 어둠은 맑았다. 한 사내의 완벽했던 밤은 그렇게 무너져 내리고 있었다.

rishi-Lab

수요일. 1103호. 제니.

제니는 밝은 금발 머리를 뒤로 쓸어 넘기며 호텔 전경을 쓱 쳐다보았다. 그랜드 하얏트 서울. 공항에 도착했을 때는 한국이라는 사실이 실감나지 않았다. 호텔 앞에 서고 나서야 얼떨떨한 기분이 가셨다.

드디어 한국에 왔다. 전 세계에서 가장 오고 싶어 하던 나라. 첫사랑이자 마지막 사랑이 사는 나라. 그리고 그녀가 제거해야 할 타깃이 숨어 있는 나라.

젊고 아름다운 여자가 냉혹한 킬러가 될 수밖에 없었던 과정을 이야기하려면 먼저 제니의 아빠에 대해 이야기해야 한다. 그녀가 기억하는 가장 오래된 시절부터 아빠는 마약 조직의 끄트머리에 매달려 있는 딜러였다. 엄마에 대한 기억은 전혀 없다. 제니를 낳자마자 도망가 버린 쌍년이었다고 삼촌들이 입을 모아 욕하는 걸 보면 좋은 여자는 아니었음이 분명했다.

가난과 폭력이 난무하는 세상에 살면서도 아빠는 딸아이만큼은 지키려고 애썼다. 딸만큼은 자신과 비슷한 인생을 살지 않게 하려고 모든 노력을 기울였다. 대부분이 범죄자이거나 범죄자였던 아빠의 동료들―제니가 삼촌이라고 부르는―도 제니에게만큼은 온순하고 친절했다.

어려운 형편에도 불구하고 제니가 대학에 진학한 것도 아빠의 뜻에 따라서였다. 한 번도 아빠를 떠난 적이 없던 제니는 버스를 타고 다섯 시간이 넘게 걸리는 먼 곳으로 왔다. 대학에 온 뒤로는 아빠를 보기 힘들었다. 방학 때만 함께 지냈고 그럴수록 둘 사이는 더 애틋해졌다.

제니는 똑똑하고 어른스러운 아이였다. 그녀는 아빠가 얼마나 자신을 사랑하는지 잘 알았다. 그녀 역시 아빠를 사랑했다. 전쟁터 같은 세상에 유일하게 안전한 존재는 아빠뿐이었으니까. 무채색의 세상에 색이 있는 존재는 오직 둘뿐이었다. 차가운 세상에 따스함이 있는 존재는 오직 둘뿐이었다.

그를 만나기 전까진 그랬다.

제니가 그를 만난 건 대학교 2학년 때였다. 제니는 학교 근처 레스토랑에서 아르바이트를 하며 용돈을 벌었는데 어느 날 자그마한 체구의 동양 남자애가 아르바이트를 구하러 왔다. 싱글싱글 웃는 얼굴이면서도 강한 의지가 엿보이는 아이였다.

-안녕. 내 이름은 수호야. 인수호.

눈빛이 맑은 남자아이가 먼저 인사를 건넸다. 제니도 간단하게 인사를 나누었다. 수호는 의사소통에 어려운 점이 없을 만큼 영어를 잘 구사했다.

-미국에서 산 적 있니?

-아니. 미국에는 처음이야.

-그런데 어떻게 영어를 그렇게 잘 해?

-어릴 때부터 영어를 좋아했고 대학에서도 영어를 전공으로 공부했거든.

수호는 무척 똑똑하고 부지런한 친구였다. 식당일도 금방 배웠다. 모르는 일이 있으면 서슴없이 제니에게 물어보곤 했다. 어두운 기운도, 꼬인 성격도 없이 마냥 선해 보이는 동양 청년이 제니는 몹시 궁금했다.

함께 일을 시작하고 일주일쯤 지났을 무렵이었다. 제니가 먼저 제안했다.

-일 끝나고 맥주나 한잔 하러 갈래?

하늘 곳곳에 별이 막 켜지기 시작하는 어느 저녁 둘은 제니 집 근처 바에 들어가서 술을 마셨다. 손님이 별로 없는 바에는 브루스 스프링스턴과 빌리 조엘 같은 철 지난 노래가 흘러나왔다.

둘의 대화는 쉬지 않고 이어졌다. 제니가 수호에 대해 알아낸 몇 가지. 제니가 다니는 대학에서 1년짜리 어학연수 프로그램을 이수하러 미국에 왔다. 영어만 잘하는 게 아니라 미국 영화, 음악에 대해서도 제니보다 더 많이 안다. 미국 대통령 이름도 제니보다 더 많이 외우고 있다. 여자친구는 없다.

그는 제니에 대해서 많은 것들을 물어보았다. 간단하게 대답해준 질문도 있었지만 답하기 곤란한 질문도 있었다. 이를테면,

—너는 나중에 뭘 하며 살고 싶어?

제니는 아직 구체적인 꿈이 없었다. 돈을 많이 벌고 싶긴 했다. 다른 이유에서가 아니라 아빠를 구하고 싶어서였다. 아빠가 구체적으로 하는 일이 무엇인지 어릴 때는 몰랐지만 이제는 어렴풋이 알았다. 마약 조직의 하수인으로 산다는 것은 언제 갑자기 총에 맞을지도 모른다는 뜻이다. 어느 날 갑자기 감옥에 처박힐지도 모른다는 뜻이다.

제니가 어릴 때부터 교도소를 들락거리던 아빠는 얼마 전에 2년 형을 선고받고 교도소에 들어갔다. 제니가 기억하는 한 가장 긴 기간이었다. 면회와 편지를 자주 하는 것만이 당장 제니가 할 수 있는 유일한 일이었으나 궁극적으로는 아빠를 구하기 위해선 돈이 필요했다. 이런 이야기를 수호에게 털어놓을 용기는 도저히 나지 않았다.

수호는 이런 질문도 했다.

—남자친구 있니?

-아니.

-언제 헤어졌어?

-남자친구를 사귄 적이 없어.

-거짓말!

-정말이야. 우리 고등학교를 졸업한 학생들 중 아직까지 처녀인 여자애는 나밖에 없을걸?

환한 금발에 맑은 피부, 날씬한 몸을 가진 제니에게 구애하는 남자들도 적지 않았다. 제니의 마음이 열리지 않았던 것이 문제였다. 그녀에게 지워진 현실의 짐이 너무 무거워서였다. 현실 속에 있는 남자하고는 도저히 연애할 엄두가 나지 않았다.

취하도록 마시고 펄 잼의 노래를 소리 높여 따라 부른 그날 밤 이후 둘은 단짝 친구처럼 붙어 지냈다. 제니는 학교와 주변 곳곳을 수호에게 데려가 주었다. 점심도 항상 같이 먹었다. 한 번은 캠퍼스 안의 벤치에 나란히 앉아서 핫도그로 점심을 때우는데 제니가 장난을 걸었다.

-야. 너 앞으로 내 이름 부르지 말고 선생님이라고 불러.

-왜?

-왜긴 왜냐. 나한테 배운 게 너무 많잖아. 레스토랑 일도 배웠지. 학교도 내가 다 안내해줬지. 게다가 나랑 하루 종일 수다 떨면서 영어도 엄청 늘었잖아.

-그렇다고 선생님이라고 불러?

-싫어?

-오늘 하루만 그렇게 불러줄게.

지나가던 제니의 친구가 걸음을 멈추고 말을 걸었다.

-이 잘생긴 소년은 누구야?

제니는 머뭇거리지 않고 대답했다.

-남자친구야. 이름은 수호. 한국에서 왔어.

잠시 잡담을 나누던 친구가 사라지자 수호가 물었다.

-왜 남자친구라고 소개했어?

-그럼 넌 나에게 뭘까?

-정말 나를 남자친구로 생각하니?

-왜? 우린 손을 잡고 한 시간 내내 공원을 산책하기도 하고 나란히 앉아서 영화를 보기도 하잖아. 팔짱을 끼고 쇼핑몰을 헤집고 다니기도 하고.

수호는 여전히 미심쩍은 얼굴로 가만히 있었다. 제니의 장난기가 발동했다.

-왜? 그 정도로는 부족해? 그럼 이건 어때?

제니는 수호의 머리를 가볍게 잡고 입술을 포갰다. 수호는 흠칫 놀라면서도 키스를 피하지 않았다. 봄날의 햇살 속에서 둘은 오래오래 키스를 나누었다.

그날 밤 수호는 제니의 방에서 잤다. 가난한 형편에 겨우 구한 방이라

좁은데다 빛도 잘 들지 않았다. 눅눅한 냄새가 감도는 방에서 둘은 사랑을 나누었다. 시트에는 제니의 처녀 혈흔이 선명했다. 그날 밤 수호는 짐승처럼 제니를 탐했다. 제니 역시 수호를 가만히 놔두지 않았다. 자정이 지날 무렵에는 둘 다 체력이 다해 축 늘어졌다. 제니가 중얼거렸다.

－그동안 어떻게 참았을까?

－나 말이야?

－아니. 나.

수호는 말없이 제니를 품에 안고 토닥여주었다. 그의 품은 따스하고 포근하고 안전했다.

－너는 꼭 현실에 없는 미지의 행성에서 나를 위해 날아온 남자 같아.

－그 행성의 이름은 한국이야.

가장 행복한 순간에 제니는 문득 깨달았다. 곧 수호와 이별을 할 순간이 다가온다. 1년도 안 있어 수호는 한국으로 돌아간다. 그 뒤에도 계속 연인으로 지낼 수 있을까? 내가 그럴 여유가 될까? 기쁨으로 가득하던 가슴에 절망의 기운이 깃들기 시작했다.

－왜 그렇게 슬픈 표정을 하고 있니?

그녀의 젖꼭지를 보물처럼 쓰다듬던 수호가 물었다. 그녀는 대답 대신 그의 품을 더 간절하게 파고들었다.

－제니야. 정말 믿기 힘든 일이야. 너처럼 사랑스럽고 또 이렇게 사람의 품을 갈구하는 여자가 연애를 한 번도 안 했다니.

제니는 울음을 애써 참으며 천천히 대답했다.

−니가 짐작하는 것보다 상황이 훨씬 더 안 좋아. 말하자면 이런 기분이야. 니가 낭떠러지 앞에 서 있다고 생각해봐. 엄청 센 바람이 계속 불어서 너를 낭떠러지 아래로 떨어뜨리려고 해. 너는 온 힘을 다해 버티고 있는 거야. 그 와중에 연애할 여유가 있겠어?

그 말을 들은 수호는 보채거나 겁내지 않고 제니를 꼭 안아주었다. 다만 이렇게 말할 뿐이었다.

−내 이름 수호의 뜻을 풀이하면 지켜준다는 뜻이야. 영어로는 protect. 너를 지켜주고 싶어.

그 말에 제니는 왈칵 눈물이 났다. 한 번 쏟아진 눈물은 멈추려고 해도 멈추지 않았다.

그날 이후 둘의 사랑은 한여름의 태양처럼 타올랐다. 허락된 시간이 길지 않아서였을까. 둘은 아침부터 저녁까지 붙어 다녔고 결국 교포 집에서 홈스테이를 하던 수호가 제니의 방으로 들어와 동거를 시작했다.

제니는 한 번도 이토록 기쁜 나날을 경험한 적 없었다. 기쁨이 큰 만큼 헤어질 생각을 하면 괴로워서 미칠 것만 같았다. 미래에 대한 걱정은 애써 회피하곤 했다. 내일이 없는 사람처럼 사랑했다.

신혼부부처럼 쇼핑도 하고 음식도 만들어 먹었다. 수호는 가끔 한인 상가에서 재료를 사 와서 한국 음식을 해주었는데 제니가 제일 좋아하는 메뉴는 부대찌개였다. 만들기도 어렵지 않아서 수호는 점점 더 제니의

입맛에 맞는 개량형 부대찌개를 선보였다. 그는 입버릇처럼 말하곤
했다.

　－이태원에 가면 바다식당이라고 유명한 식당이 있어. 거기서 부대찌
개의 최고 오리지널 격인 존슨탕을 팔거든. 언젠가 니가 한국에 오면 내
가 꼭 데려갈게. 약속해.

　제니의 마음도 같았다. 그녀가 맛있게 먹었던 식당, 그녀가 좋아하는
장소는 모두 수호를 데리고 다시 방문했다. 수호는 음식을 먹어보고 전
문가처럼 별점을 매기기도 했다. 별 다섯 개짜리 식당은 끝내 나오지 않
았다.

　좋은 계절은 빨리 지나가는 법이다. 1년 동안의 어학연수 기간은 금방
끝나버렸다. 수호가 한국으로 돌아가야 할 시간이 열흘밖에 남지 않았
다. 그즈음 제니는 매일 같이 울었고 수호는 그런 제니를 다독여주느라
밤을 지새우곤 했다.

　그러던 어느 날 일요일 아침이었다. 제니의 방에서 아침을 먹고 산책
을 하러 나선 길이었다. 이른 아침이라 공원은 한적했다. 벤치에 나란히
앉아 커피를 마셨다. 개를 끌고 나온 노인들이 느린 걸음으로 지나쳤다.
수호가 물었다.

　－그동안 너에게 물어보지 않았던 너의 비밀을 알고 싶어.

　－감당하기 어려운 상황을 너에게까지 짐 지우고 싶지 않아.

　－니가 나에게 비밀을 감추고 있는 이상, 너한테 어떤 약속도 할 수

바다
식
당
Parking
Service

없잖아. 말해줘. 그냥 이대로 나를 보낼 거야?

어떤 문제에서건 수호가 이토록 완강했던 적은 처음이었다. 제니는 결국 아빠 이야기를 털어놓았다. 그녀의 기억이 닿는 가장 오래된 일들부터 전부. 찬찬히 다 들은 수호가 제니에게 말했다.

－같이 가자.

－어디를?

－같이 면회 가자고. 뵙고 싶어. 가서 인사드릴래. 남자친구라고. 내가 너를 지켜주고 있다고.

－넌 왜 자꾸 나를 울리니!

호젓한 공원에서 제니는 소리 내어 울었다. 수호는 묵묵히 그녀를 안고 등을 두드려 주었다.

－제니야. 나는 곧 한국에 돌아가겠지만 너와 헤어질 생각은 한 번도 한 적 없어. 이메일로, 인터넷 채팅으로, 화상 채팅으로, 얼마든지 관계를 유지할 수 있어. 약속할게. 한국에 가면 부지런히 돈을 모아서 내가 미국으로 오던 니가 한국으로 오던 할 수 있도록 할게. 이번 크리스마스는 우리 같이 지내자.

태어나서 지금껏 제니가 들은 말 중에서 가장 희망적인 말이었다. 그녀는 수호의 품에 안겨 한참을 더 울었다.

며칠 뒤 둘은 버스를 타고 새크라멘토 카운티로 향했다. 반나절이나 걸려서 가는 동안 둘은 일부러 말을 아꼈다. 제니의 아버지가 수감된 새크라멘토 주립 교도소 앞에 이르러서야 제니가 물었다.

-교도소 면회는 처음이지?

-응. 이렇게 클 줄도 몰랐어.

수호는 교도소 담벼락을 쳐다보며 중얼거렸다. 콘크리트벽과 철조망으로 둘러싸인 교도소는 거대한 성채와도 같았다. 제니는 삼촌들과 함께 처음 아빠 면회를 왔던 날을 떠올렸다. 열네 살 때였다. 너무 겁이 나서 울면서 오줌을 지렸었지.

-수호야. 지금이라도 후회되면 돌아가자. 나는 정말 괜찮아. 니가 여기까지 용기를 내준 것만 해도 평생 고마워할 거야.

-야. 자꾸 그런 소리 하지 마. 얼른 들어가자. 내 마음 바뀌기 전에.

오히려 수호가 제니를 이끌었다.

가족 면회실에서 아빠를 만났다. 아빠의 얼굴은 눈에 띄게 핼쑥하게 변했다. 제니를 보고 환하게 웃던 그는 수호를 보고 당황했다. 제니가 소개하기도 전에 수호가 먼저 인사를 했다.

-안녕하세요? 제니 남자친구에요. 수호라고 합니다. 한국에서 온 학생입니다.

수호는 마치 결혼 승낙이라도 받으러 온 남자친구처럼 의젓하게 행동했다. 제니는 알았다. 수호의 진심을. 그리고 아빠도 수호의 진심을 엿보았음을.

-좋은 청년이구나. 적어도 나처럼 살 것 같진 않아.

얼떨떨해하던 아빠는 서서히 표정이 풀어졌다. 면회를 오면 항상 불안하고 걱정에 잠겨있던 아빠의 표정이 오랜만에 밝아 보였다. 면회 시간이 끝나고 헤어질 때 아빠는 마지막으로 제니를 꼭 안았다.

　-사랑한다 제니야. 좋은 아빠가 되어주지 못해 미안하다.

어릴 때부터 면회를 올 때면 항상 듣는 마지막 인사였다. 그럴 때마다 제니는 대답하곤 했다.

　-아빠는 세상에서 제일 좋은 아빠에요.

면회를 마치고 돌아오는 버스 안에서 수호는 제니의 손을 꼭 잡고 왔다. 제니가 울음을 꾹 누르고 말했다.

　-우리 아빠 어때?

　-잘 생기셨네. 영화배우 같아. 니가 왜 예쁜지 알겠다.

　-세 달만 있으면 출소하셔. 내가 대학 졸업하고 일자리 구하면 어떻게든 아빠가 다른 일을 하며 지낼 수 있도록 할 거야.

며칠 뒤 수호는 한국으로 돌아오는 비행기를 타야 했다. 제니가 공항에 배웅을 나갔다.

　-도착하는 대로 바로 화상 채팅할게.

수호는 며칠 있다가 다시 만날 사람처럼 씩씩한 모습을 보여주었다. 제니도 끝까지 눈물을 보이지 않고 웃는 얼굴로 인사했다.

　-너 예쁘고 귀여운 한국 여자들한테 한눈팔면 아빠한테 이를 거야.

그 말에 수호는 웃음을 터뜨렸다. 제니는 마지막으로 포옹할 때 들은 말을 아직도 생생하게 기억했다.

―너를 다시 만나기 위해 떠나는 거야.

입국심사대로 들어가지 직전, 제니는 폴라로이드 카메라로 둘의 셀카 사진을 찍었다. 아직 인화되지 않은 필름을 들어 보이며 그녀는 말했다.

―다음에 만날 때 선물로 줄게.

―잘 갖고 있어. 잃어버리지 말고.

―응. 약속할게. 수호야, 너도 하나만 약속해줘. 내가 한국에 갈 때까지 바다 식당엔 가지 마. 우리만의 재회 장소로 남겨 놓아줘.

―약속할게. 니가 한국에 올 때까지 존슨탕은 안녕이야.

그렇게 수호는 떠났다.

그의 말대로 둘은 매일 같이 연락을 했다. 인터넷 화상 채팅은 제니에게 가장 중요한 하루 일과였다. 수호는 이런 말도 했다.

―한국은 모든 남자가 군대에 가야 해. 나도 갔다 왔고. 군대 복무 기간은 2년이거든. 화상채팅은 꿈도 못 꾸지. 그러니 우리는 군대 때문에 헤어져 있는 수많은 커플보다는 나은 편이야.

화면을 통해서라도 수호와 얼굴을 마주할 때면 세상이 온통 희망이었다. 제니는 그를 만나기 전보다 더 열심히 공부하고 일했다. 둘이서 어렴풋이 그려놓은 먼 미래의 청사진도 있었다.

어릴 때부터 항상 아래로 미끄러지는 것만 같던 삶의 흐름이 처음으로 뒤바뀌었다. 늪 같은 현실에서 수호의 손을 잡고 빠져나오는 기분이었다.

수호가 한국으로 돌아간 지 한 달이 지났을 무렵이었다. 제니에게 낯선 번호로 전화가 걸려왔다. 새크라멘토 주립 교도소였다. 전화를 건 직원은 건조한 목소리로 용건을 전했다.

-아버님이 어젯밤 샤워실에서 사망한 채로 발견되었습니다. 사인은 과다출혈이고요. 아버님을 찌른 범인은 CCTV를 통해 바로 밝혀냈습니다.

잡고 있던 손을 놓치고 늪에 빨려 들어가는 기분이었다. 그 뒤로는 정신없는 일들의 연속이었다.

교도소에 가서 시신을 확인했다. 눈을 감은 아빠의 얼굴을 하염없이 쓰다듬었다. 아빠의 목소리가 들리는 듯했다.

-사랑한다 제니야. 좋은 아빠가 되어주지 못해 미안하다.

교도소 측에서는 단순한 시비 때문에 벌어진 살인사건이라고 설명해 주었다. 그러나 제니는 직감적으로 알았다. 뒤에서 조종한 누군가가 있다는 사실을. 아빠는 절대로 감정을 드러내는 사람이 아니었다. 위험한 일을 하면서도 항상 몸을 사리며 지냈다. 제니를 위해서. 그런 아빠가 칼에 찔려 죽을 만큼 시비가 붙었다?

장례식을 치른 뒤 며칠 동안은 절망과 공포에 짓눌려 지냈다. 그러나 아빠의 죽음에 얽힌 억울함을 풀지 않고서는 남은 삶을 제대로 살 수 없었다. 제니는 고향으로 돌아갔다. 아빠가 몸담았던 조직을 찾았다. 제니를 어릴 때부터 봐 온, 삼촌이라고 부르는 아저씨들은 입을 모아 얘기했다. 누군가 사주를 한 것이 분명하다고. 그들은 제니를 보스와 만나게 해주었다.

일요일 아침에 조직에서 경영하는 레스토랑에서 보스를 만났다. 이름은 스탠. 제니의 아빠와 비슷한 또래의 백인이었다. 그리 크지 않은 키에 통통한 살집으로만 봐서는 수십 년 동안 갱단에 있었다는 이력을 짐작하기 힘들었다. 잡화상 주인이라고 해도 믿을 법한 외모였다. 그는 한참 동안 제니의 얼굴을 뜯어보다가 입을 열었다.

─제니 블레이즈. 잭 블레이즈의 딸. 듣던 대로 똑똑하게 생겼구나. 멍청한 갱들하고 창녀들만 보다가 너 같은 학생을 보니 신선하구나.

─아버지 사건에 대해서는 들으셨지요?

스탠은 천천히 고개를 끄덕였다.

─아버지 잭에 대해서는 잘 알고 있다. 나하고는 친구 사이였지. 니가 태어나기도 전에, 그러니까 거의 30년 전에 꼬마 시절을 같이 보냈지. 사람들이 잭에 대해 착각하는 게 있어. 이 바닥에서 일하기에는 너무 착하다고 다들 그랬지. 그래서 조직에서 크지를 못했다고. 사람들이 잘못 알고 있는 거야. 내가 아는 잭 블레이즈는 카우보이 흉내를 내는 어떤 놈들보다도 더 남자다운 사람이었어. 냉혹할 때는 늑대처럼 냉혹했지. 그 친구가 변한 건 니가 태어나면서야. 움츠리고 뒤로 물러나고 큰일도 안 맡으려고 했지. 큰 일일수록 위험이 따르니까.

제니는 또 아빠 생각이 나면서 울컥하는 심정을 겨우 참고 말했다.

─아버지를 죽인 놈에게 복수를 해주세요.

-누가 시킨 일인지는 알고 있지만 조직 간의 복수라는 게 간단한 일은 아니야. 잘못되면 전쟁으로 이어질 수도 있어.

-누군가요?

스탠은 책상 서랍에서 사진 한 장을 꺼내 제니 앞에 내밀었다. 30대 후반쯤 되어 보이는 히스패닉계 남자의 얼굴이었다.

-우리 조직하고 각을 세우는 조직에 있는 리키 몬테스라는 놈이야. 우리 구역을 자꾸 넘보던 놈인데 구역 싸움을 하던 도중에 앙심을 품은 거지. 세를 과시하고 시비를 걸려고 아빠에게 그런 짓을 한 거란다.

-이 개자식을 없애주세요.

-리키는 이미 중간 보스급이야. 항상 주변에 애들을 데리고 다녀. 우리 조직원을 시켜 없앤다고 해도 바로 발각이 될 걸. 그럼 전쟁이야.

제니는 수호의 얼굴을 떠올렸다. 아버지의 사고 이후에 전혀 연락을 하지 못하고 있었다. 그가 얼마나 걱정하고 기다릴지는 쌓여있는 음성 메시지와 이메일을 확인하지 않아도 알 수 있었다. 아빠의 일을 해결하기 전에는 연락을 할 수 없었다.

리키 몬테스의 사진 위로 두 갈래 갈림길이 보였다. 두 개의 길은 끝내 닿지 않는 떨어진 길이었다. 가면 갈수록 더 멀어지는 그런. 한쪽 길은 아빠의 죽음을 덮어두고 그녀 자신만의 인생을 사는 길이었다. 다른 길은 아빠의 복수를 하는 길이었다. 그 길이 어떨지는 차마 짐작조차 가지 않았다. 머리로 하는 판단과 다른, 어떤 커다란 힘이 그녀를 움직였다.

제니야. 처음부터 너의 운명은 이랬단다. 너에게 흐르는 피를 속일 수는 없잖아. 이렇게 속삭이면서.

스탠은 커피를 한 모금 마시더니 시가에 불을 붙였다.

―니가 아빠하고 얼마나 특별한 사이였는지는 들어서 알고 있다. 하지만 니 아버지도 지금 니가 이러는 걸 원하지는 않을 거야. 이 일은 이제 잊고 학교로 돌아가라. 이쪽에는 다신 발길도 돌리지 마.

제니는 리키 몬테스의 사진을 집어 들고 말했다.

―제가 직접 복수하겠어요.

스탠이 힘주어 시가를 빨았다. 경고등처럼 시가의 불이 발갛게 커졌다. 회색 연기가 스탠의 입에서 뭉글거리며 새어나왔다.

―내가 잘못 들었나?

―아니요. 제가 직접 아버지의 복수를 하겠다고요.

―어떻게?

―이놈을 죽이겠어요.

스탠은 혀끝으로 입술을 적셨다. 처음 제니를 봤을 때처럼 신중한 표정으로 제니의 얼굴을 살폈다.

―아빠의 피가 그대로 흐르는구나.

―꼭 그렇게 하겠어요. 기회를 주세요.

―기회? 무슨 기회? 범죄자가 될 기회? 평생 감방을 들락거리며 시궁창 같은 인생을 살 기회? 돌아가라.

-지금 만약 여기서 저를 내보내면 저는 혼자서 복수를 할 거예요. 돈을 주고 총을 구해서 다짜고짜 리키를 찾아가겠지요. 아마 방아쇠 한 번 당겨보지 못하고 놈의 부하들에게 당하겠지요. 그런 그림을 원해요?

-제니야. 나도 니 또래의 딸이 있어. 만약 그 아이가 너 같은 처지에 처해있다면 나는 절대로 니가 원하는 기회를 주지 않을 거다.

-아저씨는 살아 있잖아요! 우리 아빠는 죽었다고요! 저 개자식이 우리 아빠를 죽였다고요!

제니는 소리를 질렀다. 스탠마저도 움찔했다. 한참 침묵이 흘렀다. 스탠은 커피 한 잔을 더 리필해서 마시고 시가 한 대를 다 태운 뒤에 입을 열었다.

-후회하지 않겠니?

-이놈을 내 손으로 죽이지 못하면 평생 후회하겠죠.

스탠은 고개를 끄덕거린 뒤에 자리에서 일어났다.

며칠 뒤 스탠의 부하들이 제니를 찾아왔다. 그들은 실내 사격연습장으로 제니를 데리고 갔다. 매일 한 시간씩 일주일 내내 사격 연습을 했다. 제니는 소음기와 함께 소형권총을 받았다. 디데이가 될 때까지 제니는 하루에 수십 번씩 총을 쥐어보고 머리로 상황을 그려보았다.

드디어 운명의 밤이 찾아왔다. 그날 밤은 눈에 들어왔던 것들, 귀에 들렸던 모든 소리, 코로 맡았던 모든 냄새를 기억할 수 있다. 리키를 찾아간 곳은 시내의 클럽 '수퍼노바'였다. 그녀는 이미 며칠 전에 스탠의 조직원과 함께 클럽에 들른 적이 있었다. 클럽의 구조와 CCTV의 위치 등등을 확인하기 위해서였다.

제니는 부츠 안에 권총과 소음기를 숨기고 클럽에 들어갔다. 혼자 클럽에 놀러 온 여자처럼 음악에 맞춰 춤을 추기도 하고 맥주도 한 병 마셨다. 자정이 가까워지고 분위기가 한층 올랐을 때 제니는 화장실에 들어가서 총과 소음기를 조립했다. 재킷 안쪽에 총을 숨기고 나온 그녀는 바에서 술을 마시고 있는 리키를 찾았다. 그녀는 리키 옆으로 다가가서 칵테일을 주문했다. 자연스럽게 리키와 눈이 마주치기를 기다렸다가 눈이 마주치자 가볍게 미소를 지으며 눈인사를 했다. 리키는 자기 이름을 소개하면서 말을 걸어왔다. 제니는 의심을 받지 않은 한에서 최대한으로 그를 유혹했다.

–바로 어제 거지같은 남자친구에게 차였어요. 제 룸메이트하고 붙어 먹었죠. 어떻게 복수를 해야 할지 몰라서 여길 찾아왔어요.

–어떻게 복수를 하고 싶은데 아가씨?

–와일드한 섹스를 한 후에 상대 남자하고 나란히 누운 사진을 찍어 문자로 보내고 싶어요. 나도 이미 6개월 전부터 만나던 남자가 있다고. 너 같은 놈보다 두 배로 더 화끈한 남자라고.

–그렇다면 제대로 찾아온 것 같은데? 복수를 도와주기엔 내가 적임자인 것 같아.

–당신의 차가 비어있다면 바로 복수를 하고 싶어요.

-좋은 생각인데?

리키는 제니를 데리고 차로 향했다. 클럽이 있는 건물 지하주차장 구석에 세워놓은 캐딜락 에스컬레이드 안에 탔을 때 제니는 바로 총을 꺼내 리키의 눈앞에 들이댔다. 막 허리띠를 풀다가 놀란 리키는 그대로 얼어붙어 버렸다. 시간을 오래 끌면 불리하다는 사실을 충분히 알 만큼 제니는 똑똑했다.

-세상에서 제일 좋은 아빠 잭 블레이즈를 그의 딸 제니 블레이즈에게서 빼앗아 간 죄로 너를 사형에 처한다.

제니는 망설임 없이 방아쇠를 당겼다. 총알은 리키의 이마 한가운데로 들어가 머리를 관통했다. 제니는 재빨리 차에서 내려 다시 클럽으로 돌아갔다. 그녀는 일부러 사람들이 많은 스테이지를 관통해서 클럽을 빠져나갔다. 밖에서 기다리고 있던 스탠의 조직원이 그녀를 태워갔다.

-스탠에게 전해줘요. 리키는 이제 이 거리에 없다고.

묵고 있던 호텔 앞에 도착한 제니는 조직원에게 총을 건네주고 방에 들어왔다. 샤워를 하면서 뜨겁게 울었다. 소녀가 죽은 자리에서 킬러가 태어난 밤이었다.

그녀는 그제야 핸드폰에 남겨진 수호의 메시지를 들었다. 열 개가 넘었다. 대부분은 그녀의 안녕을 걱정하는 메시지들이었다. 그녀를 원망하는 목소리도 있었다. 이메일도 여러 통 와 있었다. 제니는 차분하게 이메일을 다 읽고 난 다음에 수호에게 이메일을 보냈다. 썼다 지우기를

여러 번 반복하고 나니 산더미처럼 하고 싶던 말이 몇 줄로 줄었다.

　수호야. 기억나니? 너와 사랑에 빠지고도 한참 동안 내 처지에 대해 말하지 못했던 거 말이야. 그때하고는 비교할 수도 없을 만큼 상황이 안 좋아졌어. 나는 돌이킬 수 없는 결정을 내렸어. 이미 내 인생은 너하고 함께 할 수 없는 방향으로 흘러가버렸어.

　잊지 않을게. 잊으려고 해도 잊지 못할 거야. 너는 내 첫사랑이자 마지막 사랑일 테니. 너를 잊어버리면 내 인생에는 사랑이 하나도 남지 않게 되는걸. 그건 너무 비참하잖아.

　용서해 달라는 말은 안 할게. 그냥 나를 잊어버려. 너처럼 좋은 남자가 나 때문에 혼자 지낸다는 건 한국의 여자들에게 너무 큰 비극이야.

　너와 처음 키스한 날부터 지금까지 단 하루로 널 사랑하지 않은 날이 없어. 그 기억으로 나에게 남은 날을 견딜게.

　너의 이름처럼 너는 나를 지켜주었어. 고마워.

　-이제는 더 이상 러블리 제니가 아닌 한 여자로부터

　제니는 심호흡을 하고 이메일을 보냈다. 새벽 동이 틀 때까지 잠을 이루지 못하다가 아침이 되어서야 잠이 들었다. 악몽을 꿀 줄 알았는데 의외로 푹 잤다. 일어났더니 수호의 답장이 도착해 있었다.

　마지막으로 물어볼게. 대체 무슨 일이니? 널 잊어버리라고? 어떻게 잊을 수 있는지 알려줘.

영원히 기다리겠다는 약속은 못 하겠어. 하지만 니가 생각하는 것보다 더 오래 너를 기다릴 거야. 내 전화번호와 이메일 어드레스는 바뀌지 않을 테니 언제든지 연락할 수 있어. 그리고 인수호라는 이름은 한국에서 무척이나 드문 이름이야. 니가 한국에 온다면 내 이름과 나이만 갖고도 나를 찾을 수 있을걸?

제발 돌아와. 보고 싶은 마음과 원망하는 마음이 하루에도 수십 번씩 번갈아 나를 괴롭혀.

다시 만날 날까지 너를 위해 기도할게. 나는 종교가 없으니 내가 기도하면 나를 신도로 끌어들이려고 하나님과 부처님, 알라신이 동시에 내 기도를 들어줄지도 모르잖아.

너무 늦기 전에 돌아와.

—여전히 너를 지켜주고 싶은 수호로부터

제니는 이메일 계정을 해지하고 핸드폰도 바꾸었다. 머리도 짧게 잘랐다. 그리고 스탠을 찾아갔다.

—제니 블레이즈. 니가 다시 올 줄 알았다.

제니는 조직에서 일하고 싶다는 의사를 분명히 밝혔다.

—잭의 복수는 하지 않았나?

—어차피 제 손은 더럽혀졌어요.

—왜 굳이 이런 위험한 일을 하려고 하니?

—이 일밖에 할 수 없으니까요. 사람을 쐈던 손으로 펜을 잡을 수 있을까요?

스탠은 고개를 끄덕이며 그녀를 받아주었다. 그가 말했다.

-여자라면 훨씬 더 의심 안 받고 손쉽게 할 일들도 많이 있지. 다만 명심해야 해. 니가 정말 그 바닥에서 성공하고 싶다면 미련을 둘만 한 존재를 만들지 마. 애인이든 가족이든. 그래야 제대로 일할 수 있어.

그 이후로 제니는 여자라는 점을 십분 이용한 일들을 처리했다. 마약을 배달하는 일도 있었고 리키처럼 상대 조직원을 처리하기도 했다. 사람을 죽이기 전에는 꼭 스탠에게 물어보곤 했다.

-죽어도 싼 놈인가요?

그러면 스탠은 늘 이렇게 대답했다.

-천하에 둘도 없는 악당이지.

그녀는 철저하게 비밀로 숨겨둔 조직원이었다. 한 해 한 해 갈수록 스탠의 신뢰는 높아졌다. 조직에서 일한 지 5년 만에 그녀는 꽤 많은 돈을 모을 수 있었다. 스탠은 친딸처럼 그녀를 아꼈다. 가끔 이런 말을 하기도 했다.

-이제 그만두고 결혼이나 하지 그래? 돈은 충분히 모았잖아.

가끔 제니는 5년 전을 떠올리곤 했다. 두 갈래 길 앞에서 고민하던 순간을. 만약 그때 아빠의 복수를 포기하고 수호에게 기댔다면 지금쯤 그녀는 수호와 결혼이라도 했을까?

한국 기업의 광고를 보거나 길에서 한국 사람과 마주칠 때마다 수호가 생각났다.

한참 동안 일을 맡기지 않던 스탠이 제니를 부른 것이 바로 일주일 전이었다. 그는 여느 때처럼 한 사내의 사진을 책상 위에 올려놓았다.

–미키라는 녀석이야. 너하고는 볼 일이 없었지만 나하고 오랫동안 같이 일했던 놈이지. 이쪽 바닥에서 더러운 일을 도맡아 하던 회계사 놈인데 우리 조직의 돈을 많이 세탁해줬어. 그런데 이놈이 다른 조직의 사주를 받고 우리 조직의 중요한 도큐먼트를 빼돌렸어. 거래내역하고 구매자들을 저장해 놓은 비밀문서야. 미키는 이걸 팔아넘기고 도망가 버렸지. 니가 미키를 처리해줬으면 해.

–죽어도 싼 놈인가요?

–천하에 둘도 없는 악당이지.

–어디에 있나요?

–다행히 조치를 취해놨지. 요즘 낌새가 이상하기에 사람을 붙여놨거든. 한국으로 튀었어.

–한국이요?

–왜 거기에 갔는지는 모르겠어. 예전에 가봤거나 친구가 살거나, 뭐 이유가 있겠지. 그게 중요한 게 아냐. 미키를 가만히 놔두려니까 내 자존심이 너무 상해.

–위치는 파악됐나요?

스탠은 주소가 적힌 종이를 내밀었다. 서울 용산구 한남동 747-7 그랜드 하얏트 호텔 1104호.

－투숙한 지 3일 됐고. 바로 옆방이 비기를 기다렸다가 예약해뒀대. 그 방에서 지내다가 기회를 봐서 처리해.

－호텔에서요?

－그건 알아서 해.

스탠은 제니에게 가짜 여권과 신분증, 그리고 전화번호를 건네주었다.

－호텔에 도착하면 이 번호로 전화해. 현지에서 총을 구해줄 거야. 한국에도 우리 조직하고 같이 일하는 놈들이 있어. 필요한 것들은 다 도와줄 테니까 부탁할 게 있으면 부탁해.

－알겠습니다.

제니는 '한국'이라는 단어를 들었을 때부터 혼란스러웠다. 스탠은 제니의 표정을 놓치지 않았다.

－왜 그래? 안색이 좋지 않아.

－아닙니다. 그럼 가보겠습니다.

제니가 돌아서자 스탠이 불렀다. 그는 현금이 들어있는 종이봉투를 건네주었다.

－오만 달러야. 나머지 절반은 일 끝나고 주겠어. 멀리까지 가서 하는 일이라 조금 더 챙겼다.

제니는 별말 없이 고개로 인사를 하고 스탠의 사무실에서 나왔다.

그리고 지금 제니는 수호가 있는 한국에 와 있는 것이다. 몇 번째인지 잘 기억나지 않는 새로운 타깃을 처리하기 위해.

제니는 LA 다저스 모자를 푹 눌러쓰고 선글라스까지 꼈다. 신분을 위장하긴 했으나 혹시 호텔 안의 CCTV에 찍히더라도 얼굴이 드러나지 않기 위해서였다. 그녀는 헬렌 웨이즈라는 가명으로 체크인하고 방으로 올라갔다.

방에 들어간 그녀는 가방을 풀어 F999B 형 벽면 도청기를 꺼냈다. 벽 너머의 소리를 그대로 전해주는 기계였다. 그녀는 이어폰을 통해 미키가 묵고 있는 1104호의 소리를 들어보았다. TV 소리가 또렷이 들렸다. 잠시 귀를 기울이다 보니 기침 소리도 들렸다. 미키의 존재를 확인한 제니는 고개를 끄덕이고 이어폰을 뺐다.

계획은 간단했다. 잠시 후 접선할 조직원에게 미리 준비해놓은 호텔 방 마스터키를 받는다. 며칠 정도 미키의 동선을 파악한 후 그가 방에서 나간 틈을 타서 방에 들어가서 기다린다. 미키가 돌아오면 뱅뱅. 계획이 심플하고 대담할수록 성공확률이 높다.

제니는 스탠에게 받은 번호로 전화를 걸었다. 한 시간 뒤 그녀는 호텔 로비에서 조직원을 만났다. 그녀 또래의 흑인 남자였다. 그는 제니에게 총이 든 백팩, 호텔 방 마스터키, 한국에서 쓸 핸드폰, 그리고 전화번호를 건네주었다.

"이건 무슨 번혼데?"

"우리 조직하고 거래하는 한국 조직이 있어. 우리하고 거래를 담당하

는 녀석 번호야. 영어를 잘해. 그쪽에 부탁하면 한국에서 처리 못 하는 일이 없어. 사람이든 물건이든 뭐든 다 구해주지. 필요한 게 있으면 부탁하라고. 일을 처리하는 대로 총하고 핸드폰은 그놈에게 돌려줘."

그는 자신이 더 해줄 일이 없는지를 물어본 뒤에 인사하고 자리를 떴다. 제니는 받아든 번호를 한참 동안 응시했다.

―사람이든 물건이든 뭐든 다 구해주지.

제니는 치밀어 오르는 마음과 싸워야 했다. 그러나 운명론이 고개를 쳐들었다. 그녀 안에 있는 그녀가 물었다.

니가 한국까지 온 이유는 무얼까? 단순히 타깃을 처리하기 위해? 왜 하필 한국일까?

제니는 잠시 눈을 감았다가 떴다. 웨이트리스를 불러 위스키 보드카 한 잔을 시켰다. 뜨거운 느낌이 속을 적시자 흔들리던 마음이 진정되었다. 수호의 목소리가 들리는 듯했다.

영원히 기다리겠다는 약속은 못하겠어. 하지만 니가 생각하는 것보다 더 오래 너를 기다릴 거야. 인수호라는 이름은 한국에서 무척이나 드문 이름이야. 니가 한국에 온다면 내 이름과 나이만 갖고도 나를 찾을 수 있을걸?

아빠의 죽음을 알았을 때와 비슷한 기분이었다. 전화번호를 적은 쪽지 위로 두 갈래 갈림길이 보였다. 두 개의 길은 끝내 닿지 않는 떨어진 길이었다. 가면 갈수록 더 멀어지는 그런. 한쪽 길은 미키를 처리하고 다시 미국으로 돌아가는 길이었다. 다른 길은... 그 길이 어떨지는 차마 짐작조차 가지 않았다. 머리로 하는 판단과 다른, 어떤 커다란 힘이 그녀를 움직였다. 제니야. 처음부터 너의 운명은 이랬단다.

제니는 전화를 걸었다. 한국어로 대답하는 목소리가 들렸다. 제니가 헬로우, 하고 말하자 상대편도 알아채고 영어로 대답했다. 제니는 간단하게 자신을 소개했다.

"도착하셨네요. 여자 분인지 몰랐습니다. 제가 뭘 도와드리면 될까요?"

"사람을 하나 찾아주세요."

"누구죠?"

"이름은 인수호. 나이는 30. 남자에요."

제니는 영어 스펠링까지 불러서 이름을 확인해주었다.

"특이한 이름이라서 찾기 쉽겠네요. 그래도 주소와 전화번호까지 구하려면 2, 3일 걸릴 겁니다."

"그 정도면 충분해요."

"그럼 찾은 다음 전화 드리겠습니다."

전화를 끊고 나자 멍해졌다. 두 갈래 길 중 한 갈래의 길에 발을 들여놓은 셈이다. 제니는 오래 망설이는 성격이 아니었다. 스탠을 위해 일한 뒤로는 더욱더. 그녀는 스탠에게 전화를 걸었다. 스탠은 잠에서 막 깬 목소리로 전화를 받았다.

“무슨 일이야?”

“스탠 아저씨.”

제니는 Boss라는 말 대신 Uncle Stan이라는 호칭을 썼다. 한 번도 써본 적 없는 말이었다. 스탠은 가만히 듣고만 있었다.

“꼭 드려야 할 말씀이 있어요. 지금 들어주실 수 있어요?”

“얘기해라. 정신은 아침 태양만큼 또렷하니까.”

“이번 일 제가 못해낼 수도 있어요.”

“왜? 위험할 것 같아?”

“아니요. 사실 한국에 제가 사랑하는 남자가 있어요.”

“농담이니?”

“제가 농담하는 거 보셨어요?”

“사랑하는 사람을 만들 틈이 있었나?”

제니는 수호와 있었던 일을 스탠에게 말해주었다. 스탠은 특유의 인내심으로 한 번도 끼어들지 않고 그녀의 이야기를 들어주었다. 그녀는 이야기 끝에 이렇게 물었다.

“만약 제가 그 남자에게 돌아간다면, 그래서 이번 일은 처리하지 않는다면, 아저씨는 저를 어떻게 하실 건가요? 사람을 보낼 건가요?”

꽤 긴 침묵 끝에 스탠이 입을 열었다.

“사람까지 보낼 것 같지는 않고 여기서 마음으로 축복해주마.”

그 말에 제니가 피식 웃었다. 스탠도 웃는 소리가 들렸다.

"꼬마야. 넌 충분히 했어. 미키 녀석에게는 다른 사람을 붙일 테니 신경 쓰지 말아라."

"아직은 몰라요. 며칠만 더 시간을 주세요. 수호가 저를 받아주지 않을 수도 있어요. 그럼 미키를 처리하고 돌아갈게요. 아직 더 일할 수 있어요."

"알겠다. 대신 너무 오래 시간을 끌면 곤란해. 주말까지는 정리해서 알려 주거라."

"네, 보스."

"누군지는 모르겠지만 그 녀석하고 잘 됐으면 좋겠다. 잭이 참 좋아할 텐데."

스탠은 좀 더 자야겠다며 전화를 끊었다. 제니는 핸드폰을 내려놓고 라운지 한쪽을 틔어놓은 유리벽으로 아래를 내려다보았다. 맑은 날씨 덕에 남산의 푸른 숲을 시작으로 서울의 전경이 고스란히 눈에 들어왔다.

수호야. 이 도시 어딘가에 니가 있겠지? 내가 너무 늦은 것은 아닐까?

GRAND HYATT

목요일. 수영장. 애라.

늦여름 태양의 진득한 햇살이 하얏트의 야외 수영장에 머무르고 있었
다. 맑은 물 아래 흔들리는 에메랄드 빛 타일과 구름 없이 새파란 하늘
이 보기 좋게 조화를 이루었다.

"생파 장소를 왜 수영장으로 잡았어. 나 닥터 세끼 만나러 일본 다녀
왔는데 자외선 조심하라고 하던데."

팔뚝까지 오는 레이스 장갑에 허연 썬블록 크림을 얼굴에 뒤집어쓴
아름 엄마는 햇빛이 너무 싫은지 지름이 1m는 됨직한 챙이 큰 모자를
쓰고도 햇살에 안절부절못했다.

"닥터 세끼? 무슨 이름이 세끼야?"

왠지 불안한 표정으로 핸드폰을 만지작거리던 건표 엄마가 물었다.

"닥터 세끼(Seki) 몰라? 세계적인 피부클리닉 전문가. 연예인들만 받는 데야. 일본까지 가서 만나야 하는데도 대기표가 몇 번인데."

아름 엄마의 말에 지윤 엄마가 핀잔을 줬다.

"아우 요즘 누가 일본에 가. 방사능 땜에 생선도 그쪽에서 오는 건 안 먹는 판에. 난 요새 피부는 그냥 집에서 해. 왔다 갔다 귀찮아서 아쿠아 필링이니 저주파 기계 스팀기 다 샀어. 태닝 기계도 들였으니까 할 사람들 우리 집에 놀러 와."

"그래? 지윤이네 한번 가야겠네. 피부 마사지 하러. 나 요새 과천 다니느라 안 그래도 피부가 좀 거칠어졌어."

아름 엄마가 지윤 엄마에게 호응해주었다.

"과천엔 왜?" 건표 엄마가 물었다.

"스코틀랜드에서 말 몇 마리 들여왔어. 우리 말 뛰는 거 애들한테 보여주려고 가끔 가."

경기 초등학교 3학년 강지윤의 생일파티에 같은 학교 친구들인 건표, 아름이 그리고 수현이가 초대받았다. 수현이는 같은 학교는 아니지만 지윤 아빠와 수현 아빠가 연수원 동기였다. 지윤 아빠는 연수원을 마치고 바로 장인어른 로펌에 들어가 바로 변호사 경력을 쌓다 올해 로펌 대표 자리를 물려받았고 수현 아빠는 검사로 법조계 생활을 시작해서 지금은 특수부의 수사기획부장이었다.

엄마들이 풀사이드에서 수다를 떠는 동안 아이들은 놀이 전문 강사와 함께 풀에서 공놀이 중이었다. 파티는 아직 시작하지 않았다. 생일 파티 때문에 특별히 쳐 놓은 카바나 그늘 밑으로 직원들이 테이블을 세팅하고 아이들을 위한 음식을 하나둘씩 놓았다. 형형색색의 풍선과 장식품들도 놀이공원처럼 주렁주렁 매달렸다.

오늘 목요일의 주인공 애라, 이곳에서는 수현이 엄마라고 불리는 그녀는 사실 파티에 오고 싶지 않았다. 모르는 아이들과 섞인 생일 파티에서 혹시 딸 수현이가 주눅이나 들지 않을까 걱정됐기 때문이다. 웬걸. 저렇게 잘 노는 걸 보니 오길 잘했단 생각이 들었다.

건표 엄마가 잠시 화장실에 다녀오겠다며 자리를 떴다. 건표 엄마가 멀찌감치 간 것을 확인한 아름이 엄마가 입을 뗐다.

“봤어? 봤어?”

“뭘?”

“건표 엄마 눈에 멍 시퍼렇게 든 거 못 봤어? 선글라스를 안 벗잖아.”

“멍? 멍은 왜?”

“우리 집이 건표네 옆집이잖아. 그저께 건표네 난리 났었어. 아마 다른 사람이 옆집이었으면 경찰 불렀을 거야. 얼마나 소리를 지르는지. 건표네랑 이웃해 산 지 5년이 넘었는데 그렇게 소리 지르면서 싸우는 건 처음 들어봤어.”

"왜 그렇게 싸웠대요?" 애라가 물었다.

"내가 언제 한 번 사달 날 줄 알았어. 왜긴 왜야. 저렇게 조신하게 생겼는데 그렇게 밤에 나가 놀아. 나이트에 가라오케에 남자들 술자리에 그렇게 쫓아다니는데 남편이랑 시어머니만 모르는 거 같더라고. 아는 엄마들은 다 알았어. 근데 어제 들켰나 봐."

아름 엄마는 흥분을 가라앉히지 못하고 열을 내서 얘기했다.

"건표 엄마 대학 다닐 때 노는 걸로 유명했대. 그러다가 요조숙녀처럼 싹 변신해서 선보러 다니다가 건표 아빠 잡은 거래잖아. 건표 아빠는 사람이 얼마나 괜찮은데. 치과를 몇 개나 해서 돈도 잘 벌지. 얼굴도 잘생겼지. 나이 마흔에 배도 하나 안 나왔어. 집밖에 모르는 사람이야. 애들한테도 그렇게 잘하고. 성북동에 사는데 별채에 어머니 모시고 살잖아. 효자 노릇은 하면서 와이프는 불편하지 않게 해주고. 마음 씀씀이도 참 좋지."

"아니 시어머니랑 한집에 살면서 어떻게 놀아? 그게 말이되?" 지윤 엄마가 눈을 동그랗게 뜨고 물었다.

"나랑 친한 엄마 중에 건표 엄마랑 살짝 같이 놀았던 엄마가 있거든. 건표 아빠가 지방에 있는 치과도 챙기고 세미나도 다니느라 집을 자주 비우나 봐. 그때마다 기어나간대. 아줌마한테 애들 둘 맡기고. 시어머니가 8시면 잠든데. 시어머니 사는 별채에 불 딱 꺼지면 옷 싸들고 바로 출동하는 거야."

“어머머머. 하하하하.”

엄마들은 소리 내어 웃으며 재밌어했다. 그때 저만치서 건표 엄마가 돌아오는 걸 보고 모두 쉿 입 다물었다.

“무슨 얘기가 그렇게 재밌어요?”

지윤 엄마는 어제 본 티브이 프로그램 얘기를 하면서 화제를 돌렸다. 애라의 휴대폰이 울렸다. 보조개가 살포시 들어간 까무잡잡한 남자 사진이 액정에 떴다.

“자기?” 애라는 고개를 슬쩍 돌리며 전화를 받았다. 중저음의 다정한 남자 목소리가 대답했다.

“응. 나야. 저녁은 먹었어?”

“이제 막 먹을 참이에요. 애들 수영장에서 놀고 있어요.”

“나는 미국에서 불법 입국한 금융 사기범을 찾고 있어. 우리나라하고도 거래를 많이 하는 미국 마약조직에서 돈세탁을 전담하는 놈이야. 이름이 미키라는 녀석인데 정말 웃기는 게 뭔지 알아? 오늘 수현이 친구 생일 파티 하얏트에서 한다고 했지? 미키 녀석이 하얏트 같은 호텔에 숨어있을 수도 있어. 외모의 특징은 오른팔에 여자 얼굴 문신? 무서운 녀석이니까 직접 잡으려고 하지는 마.”

“농담하지 마요!”

“정말이야. 대한민국 검찰 특별수사 기획부장이 농담하겠니? 하얏트에서 놀다가 미키같이 생긴 놈이 있으면 바로 전화해. 수사관들 보낼 테니까."

남편은 장난기가 많았다. 애라가 도저히 알아들을 리 없는 일 이야기를 농담인지 진담인지 불쑥 털어놓곤 했다. 그 나름의 스트레스 해소법인 듯했다. 남편이 계속 얘기했다.

"오늘도 새벽에나 들어갈 거 같아. 그런데 그거 알아? 사람들은 다 딸바보라는데 난 이상해. 난 수현이보다 자기가 더 보고 싶어."

남편의 목소리가 전화기 넘어 새어나올까 봐 애라는 귀에 전화기를 바짝 댔다. 하지만 엄마들은 눈치가 빠르다. 애라의 수줍은 표정을 보고 이미 상황을 파악한 것 같다. 남편이 계속 말했다.

"자기 오랜만에 엄마들이랑 술도 좀 마시고 그래. 취해서 들어오란 얘기야. 자기 취하면 과감해지잖아. 나 그런 자기 좋아하잖아. 알지? 하하하."

애라가 서둘러 전화를 끊자 아름 엄마가 물었다.

"스타 검사님이셔?"

"아우 스타는요 뭐. 검사들 하는 일이 신문에 가끔 나기도 하고 그런 정도죠 뭐."

"무슨 소리야. 저번 달에 마카오에서 몰래 밀입국한 아시아 최대 마약보슨지 뭔지 검거해서 난리 났었잖아. 수사관들이 놓친 걸 직접 격투해서 잡았다며. 유도니 태권도니 유단자라고 하던 기사 기억난다." 아름 엄마의 말에 지윤 엄마는 애써 외면하며 한숨을 쉬었다.

"애들 좀 보고 올게." 아름 엄마는 일어나면서 슬쩍 건표 엄마의 손을 잡았다. 따로 무슨 얘기를 물어볼 것 같아 보였다. 애라와 지윤 엄마는 테이블에 남아 있었다. 둘만 남게 되자 지윤 엄마가 애라 엄마를 물끄러미 바라보았다.

"왜요?"

"나는 자기처럼 사는 건 바라지도 않아."

"네? 그게 무슨 소리세요."

우리나라에서 열 손가락 안에 드는 로펌 대표의 딸로 태어나 남편이 회사를 물려받은 지윤 엄마는 이 중에서도 제일 부자였다. 그녀 같은 사람은 질투도 부러움도 없을 거 같아 보였는데.

"난 건표 엄마도 부러워. 남편한테 맞더라도 나가 놀 힘이라도 있는 건표 엄마가 부럽다고. 난 그럴 기운도 없다. 자기같이 남편한테 사랑받는 여자는 모를 거야. 이 쓸쓸함을. 그냥 무기력해 나는."

지윤 엄마는 넋두리를 하듯 자기 이야기를 털어놓았다. '지윤이 아빠와 결혼 15년 동안 열 번도 안 잤어.'로 시작하는 이야기를. 겉으로는 능력 좋고 가족들에게도 자상한 완벽한 남편이었다. 그러나 그는 아내를 한 번도 여자로 품은 적이 없었다. 지윤 엄마는 남편과의 섹스를 위해 최선을 다했다. 산부인과에 가서 이쁜이 수술이며 질 표면을 누비는 수술까지 했으나 그 수술의 효과를 알 방법은 없었다. 몇 년 전부터는 남편이 아예 곁에 올 생각을 안 했으니까. 여자가 있다는 심정도 있었다.

남편이 여자와 팔짱을 끼고 호텔 복도를 걸어가는 모습을 봤다는 제보도 들었다. 그러나 사실이 밝혀졌을 때 남편이 아예 떠나버릴까 봐 어떻게 할 엄두가 나지 않았다.

이야기를 듣던 애라가 분노했다.

"아니. 왜 참고 살아요? 그 정도라면 그냥 헤어지던가요. 재산이 없는 것도 아니잖아요."

"나를 봐. 덕지덕지 처바르고 꾸몄지만 주름투성이에 가슴 처진 아줌마야. 할 줄 아는 건 아무것도 없어. 부잣집 딸로 귀염받는 것도 옛날이야기지. 남편이라도 없으면 난 어떡해"

"그럼 지윤 엄마도 다른 사람 만나서 외로움이라도 달래요."

"그렇게 간단하지 않아. 지윤 아빠가 얼마나 가부장적인데. 지는 그래도 나는 용서 못 할 거야. 아마 우리 부모님한테 가서 더러운 딸 데려가라고 할 걸? 난 그럼 죽어버릴 거야. 난 요새 수면제 없이 잠이 안 와."

지윤 엄마의 떨리는 목소리를 들으며 애라는 생각했다.

나도 이랬을까? 나도 그때 다른 선택을 했다면 백만 원짜리 선글라스에 멍든 눈을 숨기고, 버킨백 속에 수면제를 숨긴 채 지금 여기에 앉아 있을까?

애라는 한남동이 시원하게 내려다보이는 수영장에서 15년 전 자신의 모습을 떠올렸다.

윤애라. 이화여대 국문과 졸업. 도서출판 '봄'의 3년차 에디터. 아담한 키에 뼈대가 가느다란 애라는 화려한 외모는 아니나 하얗고 깨끗한 피부를 가졌다. 그녀에겐 7년 동안 사귀어 온 사법고시생 남자친구가 있었다. 그녀와 달리 장신에 체격도 좋은 경호는 운동을 좋아해서 다부진 근육과 까무잡잡한 피부가 트레이드 마크였다. 둘의 사랑을 보는 사람들은 이렇게 얘기했다.

-너네 둘이 다니면 고목나무에 매미 붙은 거 같아.

정말 그랬다. 색으로 치면 블랙앤화이트였고 크기로 치면 거인국과 소인국이었다. 붙어있기로 치면 고목나무에 매미처럼 잠시도 떨어질 줄 모르는 커플이었다.

경호는 대학교 2학년 때부터 사법 고시를 준비했지만 벌써 다섯 번째 낙방했다. 올해도 2차에서 떨어졌다. 애라는 경호를 위로하려 신림동 순대타운으로 데려갔다.

-여기 백순대 2인분에 소주 하나 맥주 하나요.

주문하는 애라의 목소리가 발랄했다.

-미안하다. 애라야. 이번엔 진짜 감이 좋았는데. 이번엔 될 줄 알았어.

-아이구 아저씨. 사법고시가 그렇게 쉬우면 고시야? 오늘은 그냥 백순대에 쏘맥이나 빠셔.

-모르겠어. 나 아르바이트 시작할 거야. 더 이상 가망도 없는 공부만

하는 건 바보짓 같아.

　-그만해. 자꾸 이럼 화낸다. 누가 오빠보고 돈 벌래? 오빠 합격할 때까진 내가 돈 번다고 했잖아. 아르바이트 같은 소리하고 있네. 사실 나도 죄책감 느껴. 내가 오빠 공부 너무 방해했어. 이런 말 하는 거 좀 그런데... 우리 사랑 나누는 것도 좀 참자. 누가 그러는데 여자한테 자꾸 기 뺏기면 공부 잘 안된데. 우리 너무 자주 해. 시험 붙을 때까지 참자.

　-싫어. 그까짓 사시가 뭐라고. 사랑하는 여자 안지도 못하니? 나한테 낙이 뭐 있니? 너밖에 없어. 나 이제 병신같이 안 살래. 너한테 맨날 라면만 사주고. 둘이 제대로 눕지도 못하는 고시원에서 눕고. 이제 이렇게 안 살 거야. 아르바이트해서 너랑 좋은데도 다니고 좋은 모텔도 다닐 거야. 넌 더 좋은 대접 받을 자격 있어.

　-주경호. 너 진짜 착각할래? 내가 너 공짜로 밥 사주고 용돈 주는 줄 알아? 나중에 검사 사모님 되려고 빼도 박도 못하게 올무 매는 거야. 나중에 열쇠 세 개니 뭐니 돈 싸갖고 들이대는 년들한테 눈 돌리면 나 피켓 들고 검찰청 앞에 선다.

　-애라야!

　-오빠가 잘 모르나 본데 나 속물이야. 오빠가 미래의 법조인 아니면 나 오빠 안 만났어. 내가 미쳤냐? 이렇게 이쁘게 생겨가지고 '사' 자도 아닌 사람 남편으로 맞게?

　잠시 후 둘은 신림동 '핑크모텔'에서 새끼 곰들처럼 꼭 붙어 누워있

3F
Tequila & vodka
흥부보쌈
족발
888-9464
Soju&Hof
스마트커뮤니티 감성호프
쌈싸
감자탕
전 통
뼈다귀
해장국
K2
노래방
선지해장국
순 대

었다.

　-엄마. 나 왔어.

　애라는 일주일에 한 번씩 가락동 농수산물 시장에 들렀다. 수산물동 안에 있는 농협 앞에 아줌마들이 신문지에 '다라이'를 놓고 야채를 파는데 그중 세 번째 좌판이 애라가 엄마라고 부르는, 사실은 경호의 엄마 자리였다.

　-더운데 왜 자꾸 와. 처녀가 이렇게 나돌아다니면 얼굴 까매진다. 난 니가 하예서 좋아. 경호 놈이 까매서 내가 싫어하잖아.

　-오늘은 엄마 속상할까 봐 왔어.

　애라는 경호 엄마를 토닥였다. 경호 엄마는 한숨을 내뱉었다.

　-애. 속은 너 땜에 상한다. 이렇게 이쁜 거 빨리 데려와야 하는데 그 놈 새끼가 자꾸 떨어지니까. 너 이렇게 젊고 이쁜데. 니가 경호 버릴까 봐 그렇지. 어느 부자 놈이 너 체갈까 내가 잠이 안 온다 안와. 너 그냥 딴 놈 만나다가 경호 붙으면 경호랑 만나라. 대신 다른 놈하곤 손만 잡아야 해. 뽀뽀도 안 돼. 알았지?

　-어떻게 뽀뽀를 안 해? 딴 놈 만나지 말란 거잖아. 됐고 이거나 받으세요.

　애라는 화장품 세트를 건넸다.

　-지난번 꺼 아직도 남았어. 뭘 자꾸 사오니? 너 씀씀이 이렇게 컸어?

나 싫다. 사치스런 며느리.

싫다고 하면서도 경호 엄마는 환하게 웃음을 짓고 있었다.

−그냥 밥만 먹자니까.

고등학교 선배 미라에게서 전화가 왔다. 미라는 이화여대 서양학과를 졸업하고 몇 년째 파티만 찾아다니는 파티걸이었다. 남자는 '사랑'하는 게 아니라 '잡는 거'라고 생각하는 그녀의 모토는 '호랑이를 잡으려면 호랑이굴에 가야하고 부자를 잡으려면 부자동네에서 놀아야 한다.'였다. 미라는 대학 시절부터 '명우회', '서울대 이대 연합 스키부' 등등 학벌 좋고 좀 산다는 남자들이 있는 모임이라면 혈안이 돼서 찾아다녔다.

경호를 만나기 전, 애라는 대학교 1학년 때 미라가 해준 소개팅에 나간 적이 있었다. 이름은 김경태. 애라보다 두 살 위 오빠. 집은 성북동. 학교는 미국이었는데 어디였는지 들어도 잘 모르는 곳이었다.

하얏트 호텔의 '테라스'에서 처음 경태를 만난 애라는 잘 안 맞는 옷을 입은 듯 불편하고 어색했다. 대학교 1학년인 애라에게 호텔은 생소한 곳이었다. 초등학교 교사인 아버지와 전업주부인 엄마. 동생이 둘이나 있는 애라의 집안 사정상 고급 호텔은 남의 나라 이야기였다.

그날 처음 '아카사카'라는 음식점에서 꼬치구이라는 것도 먹어보고 지하철이나 버스가 아닌 경태 오빠의 차로 북악스카이웨이도 드라이브했다. 애라에겐 모든 것이 신세계였다. 심지어 그는 부드러운 얼굴에 목소리도 저음으로 로맨틱했다. 데이트의 마지막 코스인 정릉 한스갤러리 정원에서 커피를 마시면서 애라는 생각했다.

이렇게 사는 사람들도 있었구나. 미라 언니 말대로 이런 사람과 결혼하면 정말 신데렐라처럼 살겠구나.

경태도 애라를 굉장히 맘에 들어 하는 거 같았다.

-넌 우리 동네 애가 아니라서 좋아. 우리 동네 애들은 어렸을 때부터 한동네 살았던 애들이 많아서 서로 뻔해. 누구라 누구랑 손잡은 것까지 다 안다니까.

그는 집에 데려다 주기 전에 자기네 동네를 한 바퀴 드라이브시켜주었다. 대한민국에 이렇게 크고 웅장한 집들이 있다니. 꼭 동화 속 성들을 구경하는 것 같았다. 가보진 않았지만 비벌리힐스가 이렇게 생겼을까? 도대체 이 안에는 어떤 사람들이 살고 있을까? 모든 게 어리둥절했다. 경태는 그중 어느 빨간 지붕 앞에 차를 세웠다.

-여기가 우리 집이야. 아버지가 들어오셨나?

차 안의 리모컨 버튼을 누르니 웅장한 차고가 열렸다. 차고 안에는 3대의 벤츠가 세워져 있었다. 애라는 입이 다물어지지 않았다. 어리둥절한 애라의 얼굴을 뿌듯하게 보던 경태는 말했다.

-아직 안 들어오셨다. 오늘 나보고 일찍 와있으라고 했거든. 얼른 집에 데려다 줄게.

공릉동 작은 주택가로 경태 오빠를 안내하면서 애라는 처음으로 집이

창피했다.

　그렇게 애라는 신데렐라를 꿈꾸며 경태를 만났다. 그런데 사귄 지 얼마 후부터 경태는 이상한 행동을 보였다. 하얏트 룸으로 불렀는데 애라가 거절한 다음부터였다. 스무 살의 애라는 호텔룸으로 남자를 따라간다는 게 불륜 드라마에서나 나오는 일이라 생각했다. 경태는 애라의 거절에 무척 화를 내고 연락을 하지 않았다. 애라도 굳이 먼저 연락을 하고 싶지 않았다. 호텔 룸에 안 따라간다고 연락을 끊는 남자라면 그저 그런 놈으로 여기고 말았다.

　일주일 후에 경태의 연락이 왔다. 술을 한잔 하자고 했다. 식당에 들어서자 경태는 소주부터 시켰다. 메인 요리가 나오기도 전에 소주 한 병을 다 들이켰다.

　―너 일주일 동안 연락 없더라.

　―오빠도 연락 안 하셨잖아요.

　―너 사실은 내 연락 기다렸지? 일부러 밀당 하는 거지? 순진한 줄 알았는데 선수네.

　―네?

　―내가 선물 안 사줘서 그러는 거잖아. 넌 좀 다른 여자들이랑 다른 줄 알았지. 그래서 일부러 안 사준 거야. 니가 어떻게 나오는지 보려구.

　―무슨 말씀 하시는 거예요? 제가 언제 선물 사 달랬어요?

　―너 보통이 아니구나. 그래. 내가 졌다. 밥 먹고 티파니 매장 가자.

팔찌 하나 사줄게. 그 담에 올라가자. 하얏트에 룸 잡아놨어.

애라는 그냥 가만히 경태를 쳐다봤다. 그가 덧붙였다.

－왜. 티파니가 부족해? 일단 오늘은 이 정도로 하자.

애라는 자리에서 일어나 뒤도 안 돌아보고 나왔다. 그게 경태와의 마지막이었다.

그게 벌써 6년 전 일이었다. 그 뒤에 경호를 만나 사귀었고 하얏트에는 갈 일이 없었다. 그런데 미라가 전화해서 하얏트로 나오란다. 애라는 내키지 않았다.

－언니 나 좀 불편해. 그런 데 갈 때 입을 옷도 없고. 나 남자친구 있는 건 알지? 이상한 자리에 나가기 싫어.

－야. 니네 만난 지가 몇 년인데 내가 모르니? 이상한 자리 아니야. 그냥 둘이 밥이나 먹자고. 오랜만에 내가 살게.

애라는 경태와 잠깐이나마 만났다는 것도 유쾌하지 않은 추억이었다. 사랑하지도 않으면서 하얏트과 벤츠에 혹해서 남자를 만났던 자신이 부끄러웠다. 그런데 또 오랜만에 연락이 온 선배의 청을 끝까지 거절하기도 민망했다. 결국 밥만 먹고 나오기로 하고 하얏트로 향했다.

6년 만에 찾은 하얏트는 여전히 고급스럽고 깔끔했다. 고급 차와 고급 백이 사람들 수만큼 돌아다니는 장소였다. 테라스 입구에서 강미라로 예약된 자리를 찾으니 직원이 안내해주었다. 그런데 미라 옆에 남자가 함께 있었다.

ㅡ인사해 오빠. 내 후배 애라. 이제 만족해?

애라가 처음 보는 남자는 대답 대신 멋쩍게 웃었다. 애라는 당황스러웠지만 예의를 갖춰 인사를 했다.

ㅡ안녕하세요. 윤애라에요.

ㅡ안녕하세요. 앤드류 최에요. 그냥 앤디라 부르세요.

애라는 미라를 흘겨보았지만 그냥 돌아설 만큼의 단호함은 없었다. 미라의 리드로 저녁 식사는 순조롭게 진행되었다. 미라는 이런 자리를 많이 마련해본 사람처럼 자연스럽게 둘에 대한 정보를 서로에게 주고 있었다. 앤디가 잠시 화장실에 간다며 자리를 비웠다.

ㅡ애라야. 잘 잡아서 결혼해. 완벽해. 나중에 잘되면 난 옷은 됐구 샤넬백이나 사줘. 아니 앤디네 정도면 샤넬 코트도 되겠다.

ㅡ언니 정말 왜 그래. 미쳤어? 나 남자친구 있는 거 몰라?

ㅡ야. 됐다. 걔 5년째 공부 중이라며? 안 돼. 걔가 고시되면 내가 손에 장을 지진다. 또 된들 별거니? 너 저 오빠네가 얼마나 부잔 줄 알아? 아버지는 종로에 20층짜리 건물 있고 엄마는 미스코리아 녹원회 회장이야.

애라는 불쾌했다. 무엇보다 경호를 무시한 거 같아 더 이상 자리에 있을 수 없었다. 벌떡 일어나는데 마침 앤디가 들어왔다. 그러자 미라가 먼저 일어나버렸다.

ㅡ난 이쯤에서 빠질 게. 오빠가 자꾸 눈치 준다. 앤디 오빠! 자리 마련

했다. 약속 지켜.

애라가 손쓸 새도 없이 미라는 가버렸다.

―우리도 일어날래요? 밑에 아카사카라고 캐주얼한 일식집이 있어요. 꼬치 맛있으니까 거기에 딱 사케 한 잔만 해요.

―아니 저도 그냥 집에 갈게요.

―미라 엄청 졸랐어요. 애라 씨랑 자리해달라고. 그러니까 한 잔만 더 하고 가요.

―그런데 절 어떻게 아세요?

―가서 얘기할게요. 사케 딱 한 잔만 하고 가요. 더 안 붙잡을게요.

앤디는 애라의 손을 잡고 일어났다. 그러면서 애라에게 빙긋이 웃어 보이는데 얼굴이 참 근사했다. 구김이 하나도 없는 순진한 얼굴이었다.

애라는 앤디의 손에 끌려 로비를 지나 지하로 가는 계단을 향하면서도 내내 마음이 불편했다. 아카사카에 도착하자 예전 기억이 났다. 6년 전에 경태와 여러 번 와 봤던 곳. 아카사카 매니저는 익숙한 모습으로 앤디를 데판야끼 바로 안내했다.

앤디는 안심 스테이크에 새우, 랍스타를 시켰다. 쉐프는 볼거리용 불 쇼도 보여주었다. 앤디는 여전히 불편해하는 애라를 위해 먹는 법도 가르쳐주고 세 가지 소스도 설명해주었다. 이름은 모르겠으나 맑고 독하지 않은 사케도 따라주었다. 술기운이 좀 돌아선지 애라도 음식을 즐기고 있었다. 고기도 새우도 랍스타도 그야말로 입안에서 감겼다.

사케 한 병을 다 비우고 앤디와 애라는 일어났다. 애라가 꾸벅 앤디에게 인사를 했다.

─오늘 맛있는 음식 감사했습니다.

─우리 한 잔만 더해요.

─안 돼요. 너무 늦었어요.

─마지막. 진짜로. 밑에 제이제이에서 딱 한 잔만. 이게 진짜 마지막이에요.

가야 한다는 걸 알면서도 애라는 발이 안 떨어졌다. 사케의 기운일까. 한잔 더 하고 싶은 생각도 들었다.

─그럼 딱 한 잔만이에요.

애라는 앤디를 따라갔다. 앤디는 제이제이에서도 라이브 바가 있는 쪽으로 애라를 데리고 갔다. 필리핀 여자들이 고운 선율의 팝송을 부르고 뒤에는 밴드가 연주하고 있었다. 앤디와 애라가 바 안으로 들어서자 환호성이 들렸다. 앤디는 얼굴 가득 웃으며 그 자리로 애라를 안내했다.

─백만 원 내기했지? 우리 앤디 아직 먹힌다니까. 내가 데리고 온다고 했잖아. 어서 내놔.

한 남자가 양팔을 올리며 좋아했고 그 옆 친구는 짜증나는 얼굴로 지갑에서 파란 수표를 꺼내주었다.

─이걸로 술값 내면 되겠네.

앤디가 수표를 낚아챘다. 애라는 무슨 상황인지 몰라 가만히 있었다.

-애라씨. 여기 제 동네 친구들. 인사해요. 제가 애라 씨를 데리고 올 수 있나 없나 내기했나 봐요. 양아치 같은 놈들. 신경 쓰지 말아요. 여기서 편하게 한잔해요.

애라는 자기를 갖고 내기를 했다는 게 불쾌하면서도 또 신선한 기분도 들었다. 흥청망청한 분위기가 몇 년째 꾹 누르고 살았던 젊음의 기운을 자극하기도 했다.

-자자! 애라 씨도 왔는데 제대로 숙녀대접을 해드려야지. 여기요. 크리스탈 한 병 주세요.

앤디가 웨이터를 불러 주문했다. 조금 있으니 얼음 버킷에 샴페인 한 병이 꽂혀왔다.

-이거 좋은 샴페인이에요. 애라씨 좋아할 걸요.

샴페인 향이 기가 막혔다. 생일이나 경호 1차 시험 붙었을 때 세븐일레븐이나 파리바게뜨에서 파는 만 원짜리 샴페인은 따봤으나 이런 고급 샴페인은 처음이었다. 한잔 쭉 들이켰다. 속까지 향이 퍼지는 듯 짜릿했다.

-야. 잘 드시네. 전 술 잘 마시는 여자가 좋던데. 애라 씨 진짜 성격도 매력 있다.

앤디의 부추김에 애라는 한 잔 더 들이켰다. 쓰지도 않으면서 쭉쭉 목으로 넘어가는 샴페인이 그녀의 취기를 더했다.

가방에서 삐삐가 울렸다. 번호를 보니 경호였다. 애라는 앤디의 휴대폰을 빌려 나왔다. 음악 소리가 안 들리는 밖에서 경호에게 전화했다.

–여기 하얏트 호텔이야. 미라 언니랑 있어. 딱 한 잔만 하고 갈게.

애라는 도저히 남자랑 있다고 말할 수가 없었다.

–하얏트? 그런 델 니가 왜 가니?

경호의 목소리가 갑자기 차가워졌다.

–그냥 뭐 밥 먹으러. 언니가 사준다기에.

–사준다면 아무 데나 따라가니? 거긴 너 같은 애 다니는 곳 아냐.

애라는 갑자기 '너 같은 애' 라는 말이 귀에 걸렸다.

–나 같은 애는 어떤 앤데?

화가 치밀어 올랐다. 취기가 올라서 그런지 얼굴까지 달아올랐다.

–오빠 말 웃기게 한다. 나도 내 월급 가지고 이런데 한 번 정도는 올 수 있거든. 나 술도 한잔 하고 갈 거야. 그래. 나 같은 애가 하얏트 와서 되게 미안하다.

수화기 넘어 경호의 목소리가 들려왔지만 애라는 끊어버렸다. 갑자기 눈물이 핑 돌았다.

애라는 눈물을 훔치며 앤디 일행이 있는 바로 들어갔다. 두 병째 온 크리스탈을 몇 잔이나 마셨다. 그녀는 속으로 외쳤다.

주경호! 몇 년째 대준 니 학원비랑 밥값만 모아도 나 이런 데 자주 올 수 있거든?

다음날 점심시간까지 경호에게서 삐삐가 얼마나 왔는지 몰랐다. 애라는 출근은 겨우 했지만 숙취에 머리가 지끈거려 계속 출판사 사무실 탕비실 의자에 누워있었다. 경호하고 통화할 기분이 아니었다. 신입 에디터 민지가 탕비실로 들어왔다.

－언니 여기 있었어? 아우 좀 나와 봐. 밖에 난리 났어 지금.

무거운 머리를 이끌고 나오니 출판사 직원들이 애라 자리에 모여 있었다. 애라 책상에 놓인 장미는 족히 300송이는 되어 보였다. 장미 안에는 고급스런 리본으로 묶인 카드가 보였다.

－어제 술 많이 취하셨죠? 저는 애라 씨한테 취했습니다. 참고로 이런 꽃 선물 처음 보내 봅니다. 어제 맛있게 잘 드시기에... 동료분들이랑 함께 드세요 －앤디

아카사카 로고가 찍힌 도시락 박스도 10상자나 배달 왔다. 열어보니 초밥 튀김 꼬치구이 볶음 우동까지 거의 케이터링 수준의 음식들이 들어있었다. 직원들은 다들 환성을 지르며 먹기 시작했다. 애라는 상황 파악이 되질 않았다.

유난히 긴 하루가 지나고 퇴근하고 나오는데 회사 앞에 경호가 서 있었다. 애라는 왠지 경호의 눈을 떳떳이 볼 수 없었다. 경호는 멋쩍은 웃음을 지으며 애라 손을 잡았다.

－미안해.

다른 때 같으면 아무리 싸워도 이 한 마디에 다 풀렸을 텐데 이번엔

달랐다. 애라는 경호를 쳐다보지 못했다. 경호는 달래줄 겸 술 한잔 하자고 투다리로 데려갔다.

　-오늘 여기서 먹고 싶은 거 다 먹어. 내가 다 사줄게. 나 엄마한테 엄청 맞았어. 너한테 못되게 굴었다고. 엄마가 너 맛있는 거 사주라고 돈도 주셨어. 그니깐 많이 먹어.

　애라는 말없이 청하 한잔을 마셨다. 경호는 꼬치가 나오자 꼬챙이에서 빼서 애라 앞 접시에 올려주었다. 우동 면도 건져서 놓아주었다. 애라는 젓가락을 들어 닭꼬치 하나를 입에 넣었다. 소스가 짰다. 고기는 겉은 타고 속은 안 익었다.

　-맛없어.

　애라가 중얼거렸다.

　-맛없어? 이상하다. 너 투다리 닭꼬치 환장하잖아. 다른 거 시켜줘? 그럼 우동 먹어봐.

　경호는 우동 면을 집어 애라 입에 갖다 댔다. 애라가 그 손을 쳤다. 우동 면이 테이블에 떨어졌다. 애라는 순간적으로 한 행동에 자신도 놀랐다.

　-아. 미안해 오빠.

　-우리 애기 아직 화 많이 났구나? 내가 잘못했다. 말이 심했어.

　그날도 둘은 평소처럼 경호의 1평도 좁은 고시원에 나란히 누웠다. 경호는 평소보다 더 애라를 예뻐해 주었다. 애라는 처음으로 사랑을 나누는 중에 다른 남자 생각을 했다.

그리고부터 앤디는 하루에도 몇 번씩 전화를 해서 밥을 먹자고 졸랐다. 애라는 마음이 갈팡질팡했다. 결국 하루를 허락했다. 그날 저녁 앤디는 은색 벤츠 컨버터블을 몰고 애라의 회사 앞으로 왔다. 합정역 근처 애라의 회사에서 하얏트까지는 멀지 않았다. 어스름한 저녁노을을 보며 오픈카를 타고 강변북로를 달리는 자신의 모습이 별로 싫지는 않았다.

이태원에 있는 프랑스 레스토랑에서 식사 후 그들은 Song Bar 헬리콘으로 향했다. 앤디를 처음 본 날 봤던 친구들이 다 모여 있었다. 그런데 이번엔 남자들 옆에 여자들이 끼어 있었다. 그녀들은 애라의 옷차림을 스캔하듯 훑어보았다. 한 여자애가 물었다.

–어디 사세요?

–공릉동이요.

–공릉동? 거기가 어디야?

누군가가 되묻자 다른 여자가 말했다.

–공릉동? 우리 기사 아저씨 거기 산다던데.

그러자 여자들이 킥킥댔다. 또 다른 여자애가 학교를, 또 다른 여자에는 단골 미용실을 물었다. 그녀들과 애라가 겹치는 장소는 하나도 없었다. 앤디가 여자들을 가로막았다.

–호구조사하냐? 그만해. 애라씨 당황스럽겠다. 애라씨 술이나 마셔요.

애라는 단숨에 스트레이트 한잔을 원샷했다. 술잔을 들어 올리는 힘은 오기와 분노였다.

그래. 나 공릉동에 살고 운동도 숨쉬기 운동만 한다. 머리도 회사 앞 미용실에서 해. 그래도 지금은 니네랑 어울리는 남자한테 대접받으면서 니네랑 같은 술 마시고 있잖아?

애라는 또 한 잔을 쭉 들이켰다. 가방 속 삐삐는 계속 울렸지만 애라는 아무것도 들리지 않았다. 그냥 연거푸 술잔을 들이킬 뿐이었다.

눈을 떴다. 눈앞이 흐릿하고 머리에 금이 간 기분이다. 그녀가 누워있는 곳은 호텔방이었다. 그리고 그녀는 실오라기 하나 걸치고 있지 않았다. 옆에는 앤디가 자고 있었다.

애라는 조용히 옷을 꿰어 입고 방에서 나왔다. 19층의 긴 복도를 지나 엘리베이터를 탔다. 가방에서 삐삐 진동이 울렸다. 누군지 확인할 필요도 없었다. 엘리베이터 문에 비친 한 여자의 얼굴을 보았다. 마스카라를 녹이며 검은 눈물이 흐르고 있었다.

오빠. 나 어떡해? 오빠. 나 이제 어떡해.

다음날 애라는 경호에게 이별 통보를 했다. 이유는 말하지 않았다. 더 이상 못하겠다는 말뿐이었다. 경호는 집으로 회사로 하루에 백번이고 전화를 하고 삐삐를 쳤다. 한 달이 지나서야 경호의 연락이 멈췄다.

앤디는 애라에게 충실했다. 출판사 동료들은 애라를 부러워했다. 퇴근 시간이면 애라를 데리러 왔다. 하루는 오픈카로, 하루는 SUV로, 또 하루는 세단으로. 바쁠 때는 집의 기사를 보내 애라를 픽업하기도 했다.

하루는 앤디 친구 한 명이 미국에서 왔다고 해서 헬리콘에 가는 길이었다. 하얏트 로비에서 누군가 자꾸 쳐다보는 시선이 느껴졌다. 나이는 좀 있지만 키가 크고 호리호리한 체격에 화려한 진주 목걸이를 한 여자였다. 그녀가 다가와서 불렀다.

-앤디.

-어 엄마. 식사하러 오셨어요?

-그래.

애라는 꾸벅 인사를 했다. 그녀를 보는 앤디 엄마의 시선이 냉소적이었다.

-이 아가씨는 누구니?

애라가 대답하려는데 앤디가 가로막았다.

-아는 동생. 그냥 밥 먹었어요.

앤디는 엄마의 어깨를 팔로 두르고 저만치 데리고 갔다. 그동안 애라는 꼼짝도 안 하고 가만히 얼어있었다.

엄마를 보내고 돌아온 앤디는 아무것도 설명하려고 하지 않았다. 애라도 아무것도 묻지 않았다. 헬리콘에서 앤디 친구들과 함께 한 자리는 역시나 거친 술자리로 이어졌다. 애라는 먼저 나서서 술을 마셨다.

–쭉쭉쭉! 그렇지. 그렇지!

애라는 작은 얼음 통에 양주와 맥주를 섞어놓은 폭탄주를 쉬지 않고 들이켰다. 술이 목젖을 타고 흘러내려 애라의 가슴골로 떨어졌지만 애라는 멈추지 않았다. 다 마신 얼음통을 내려놓는 순간 남자들이 환호를 질렀다. 앤디도 신나하며 애라 어깨를 감쌌다.

–우리 여자친구 잘도 마시네. 오늘 또 뜨거운 밤 보내겠어. 오늘은 코너 스위트라도 잡아야 하나?

갑자기 오바이트가 쏠렸다. 애라는 입을 막고 화장실로 향했다. 변기에 얼굴을 넣고 토했다. 이제 다시 만날 수도 없는 경호 오빠 생각이 자꾸 났다.

오빠. 너무 힘들다. 어쩌다가 여기까지 온 걸까?

한참 꺽꺽거리다 보니 하얀 위액까지 흘러나왔다. 그때 칸막이 밖에서 앤디 일행의 여자친구들 목소리가 들렸다.

–야 오늘 공릉동 촌년 왜 그렇게 마시니? 안 놀아봤나 봐. 얼음통으로 준다고 진짜로 마시니 그걸?

–하튼 노는 것만 봐도 촌티가 나요.

–그래도 한 달 사이에 되게 이뻐졌던데? 앤디 오빠가 옷도 사주고 했겠지.

–너 몰라? 앤디 오빠가 쟤 꼬신 이유?

–이유가 따로 있어? 그냥 소개팅 한 거 아냐?

-야. 아니야. 쟤 옛날에 경태 오빠 만난 애라며.

-박경태? 성북동 빨간 지붕 집 오빠?

-경태 오빠가 건드려서 안 넘어간 여자가 없잖아. 꼬셔서 몇 번 자고 또 딴 여자 꼬시고. 그런데 박경태 인생에 유일하게 못 꼬신 애가 저 여자애래.

-저런 애를 굳이 꼬실 건 또 뭐 있어. 근데 경태 오빠랑 앤디 오빠랑 무슨 상관이야?

-둘이 미국에서 같은 학교 다녔는데 친하면서도 또 앙숙이었어. 그 학교에 앤디 오빠가 하이스쿨부터 엄청 좋아했던 여자애가 있었대. 근데 경태 오빠가 바로 걔를 꼬셔서 잔 거야. 심지어 걔랑 잤다고 소문까지 내고 다녔나 봐.

-어머. 그래서 복수한 거구나. 경태 오빠가 실패한 촌년을 앤디가 성공했다?

-재학이 오빠한테 전해 들었는데, 그 여자애랑 처음 잔 날 바로 경태 오빠한테 문자 보냈대. 형이 못 따먹은 애 지금 만취해서 내 옆에서 자고 있다고.

-아우 유치해! 하튼 복수는 제대로 했네.

더 이상 듣고 있을 수 없었다. 애라는 문을 박차고 나왔다. 여자들의 놀란 표정을 볼 새도 없이 바로 룸으로 향했다.

-어 애라야. 속 괜찮아?

앤디는 특유의 순수한 미소를 지으며 애라를 반겼다. 애라는 얼음통을 들어 앤디의 머리에 부어버렸다. 그리고 말했다.

―어. 이제 괜찮아.

하얏트를 나온 애라는 신림동 투다리로 향했다. 청하 한잔을 마시고 김치우동 국물을 떠먹었다. 눈물과 한숨이 동시에 나왔다.

―맛있다. 맛있네.

그 후 일에만 몰두하며 2년을 보냈다. 그녀가 주도해서 펴낸 소설이 베스트셀러에 오르면서 사장한테 칭찬도 받고 보너스도 받은 날이었다. 유난히 기분이 좋았던 그날 애라는 동료들에게 점심을 샀다. 점심을 먹고 사무실에 들어오자마자 다시 연락받고 싶지 않은 사람으로부터 전화가 왔다. 미라였다. 바쁘다는 핑계를 대고 전화를 끊으려는데 미라가 흥분한 목소리로 용건을 전했다.

―경호 오빠 사시 붙었대! 그것도 차석으로!

전화를 끊은 애라는 허공을 응시하며 앉아 있었다. 처음에는 아무 생각도 들지 않았다. 한참 지나고 나서야 몇 개의 단어가 힘을 내어 떠올랐다.

미안해. 축하해. 축하해주지 못해 더 미안해. 행복하길.

일찍 퇴근하라는 사장님 말씀에도 불구하고 애라는 퇴근 시간을 꽉 채워 퇴근했다. 지하철 입구로 막 걸어가는데 등 뒤에서 누군가 그녀를 불렀다.

—애라야.

아무리 오랜만에 들어도 알 수밖에 없는 목소리, 경호였다. 돌아보니 그가 서 있었다. 마치 어제저녁 먹고 헤어진 남자친구처럼 편안한 미소를 짓고. 애라는 무릎에 힘이 풀렸다. 하마터면 주저앉을 뻔했지만 종아리에 힘을 꽉 주었다. 경호는 차분한 표정으로 말했다.

—오랜만이야. 우리 어디 가서 얘기 좀 하자.

경호는 범퍼 한 곳이 깨진 소나타 2 승용차 문을 열었다. 애라는 말없이 차에 올랐다.

—잘 지냈지? 나 서점에서 니가 펴낸 책도 사보고 그랬어. 재밌더라.

경호는 분위기를 풀어주기 위해선지 이런저런 이야기를 꺼냈지만 애라는 입이 떨어지지 않았다. 정신을 차려보니 경호의 차는 남산을 오르고 있었다. 창마다 불을 밝힌 하얏트 호텔 건물이 등대처럼 고개 너머서 있었다. 애라는 다급하게 물었다.

—뭐야. 오빠 여기 왜 왔어?

—그냥. 너 여기 좋아하는 거 같아서. 커피나 한잔 하자. 이제 나도 이 정도는……

—세워!

애라는 비명을 질렀고 경호는 놀라서 길옆으로 차를 세웠다. 애라는 차에서 내려 무작정 걸었다. 경호가 따라 내려서 그녀를 붙잡았을 때

애라의 입에서는 앙칼진 말들이 튀어나왔다.

　-이거 복수야? 그래? 나한테 복수하고 싶어서 시험 붙자마자 나 찾아온 거야? 이제 시원해? 그래 나 가슴 미어진다 미어져. 찢어진다 찢어져. 나 이런 호텔에 다니고 싶어서! 부잣집 아들 새끼들한테 환장해서! 오빠 배신했다. 그래 어쩔 건데. 어쩔 건데!

　애라의 얼굴은 눈물범벅이었다. 경호는 뿌리치는 애라를 강제로 안았다. 그리고 들릴 듯 말 듯 얘기했다.

　-딱 한 시간만 얘기해.

　유리벽 너머 석양이 지고 별들이 뜨는 하얏트 로비에 둘은 마주 앉았다. 할 말이 있다던 경호는 주문한 커피가 식을 때까지도 입을 열지 않았다. 결국 애라가 먼저 말을 꺼냈다.

　-오빠. 이제 가자.

　갑자기 경호가 말했다.

　-우리 결혼하자.

　애라는 숨이 턱 막혔다. 경호는 봇물 터지듯 가슴 속 이야기를 쏟아냈다.

　-나 너한테 복수하려고 여기 데려온 거 아니야. 프러포즈하려고 온 거야. 하지만 반지는 없어. 무릎도 안 꿇을 거야. 너 그런 거 받을 자격 없어. 이유는 알겠지? 너 아까 복수냐고 물었지? 이 정도가 복수니? 호텔 데리고 오는 복수도 있니? 니가 나한테 상처 준 게 얼만데 이 정도

가지고 복수라 그러니? 나 너랑 꼭 결혼할 거야. 너랑 결혼해서, 너 아파 죽어도 애도 많이 낳게 할 거야. 나 일 땜에 매일 늦을 건데 너 혼자 애들 키우느라 힘들어 죽을걸? 나 평생 검사할 거야. 그것도 일밖에 모르는 미련곰탱이 검사. 변호사 개업 같은 거 꿈도 꾸지 마. 뇌물? 선물? 절대 안 받아. 검사 월급에 평생 이런 호텔 올 수 있을 거 같아? 오늘이 마지막일 지도 몰라. 그러니까 많이 봐둬. 나랑 이 호텔 오는 거 오늘이 마지막일 지도 모른다고. 그래도 너, 나랑 결혼해야 해.

경호의 목소리는 그의 어깨처럼 단단했다. 그의 숨결처럼 늠름했다. 술에 취해 자주 업혔던 넓은 등처럼 믿음직스러웠다.

2년이나 떨어져 있었어도 그는 변한 게 없었다. 딱 한 가지, 애라가 처음 보는 것이 있었다. 한 번도 본 적 없었던 눈물이 경호의 우묵한 눈동자에 그렁그렁 맺혀있었다. 애라는 오열을 참을 수 없었다. 그녀는 하얏트 로비를 감싸고 있는 평온함을 깨뜨리는 유일한 손님이었다. 눈물 섞인 외침을 반복해서 토해냈다.

─미안해. 미안해. 미안해. 기다려주지 못해서 미안해!

경호의 눈에서도 눈물이 주르륵 떨어졌다. 눈은 젖어 있었지만 미소를 띠고 말했다.

─윤애라. 너 아직 대답 안 했다. 얼른 대답해. 우리 이러다가 여기서 쫓겨나.

애라는 그 말을 들었는지 못 들었는지 계속 울고만 있을 뿐이었다.

그날 밤 경호와 애라는 다음 날이 밝을 때까지 꼭 붙어 있었다. 고목 나무에 매미처럼. 신림동 핑크장에서.

십수 년 전의 추억을 떠올리며 애라는 빙그레 웃었다. 남편과의 섹스리스 라이프를 불평하며 오만상을 다 쓰고 있던 지윤 엄마가 그녀를 째려봤다.

"뭐야 자기. 웃어? 이게 웃긴 얘기야?"

애라가 뭐라고 변명을 하려는데 풀에서 놀던 아이들이 와르르 뛰어왔다. 수현이도 젖은 몸으로 애라의 품에 안겼다.

"엄마! 나 수영 대결에서 1등 했어!"

신이 난 얼굴이다. 아이들이 다 모인 걸 보니 생일 파티가 곧 시작할 모양이다.

시끄러운 분위기가 싫은 듯, 옆의 선베드에서 영어 신문을 읽던 백인 남자가 신문을 접고 일어났다. 오른팔에 여자 얼굴 문신이 눈에 들어왔다.

―오늘 수현이 친구 생일 파티 하얏트에서 한다고 했지? 미키 녀석이 하얏트 같은 호텔에 숨어있을 수도 있어. 외모의 특징은 오른팔에 여자 얼굴 문신? 무서운 녀석이니까 직접 잡으려고 하지는 마.

애라는 경호의 장난스러운 통화를 떠올렸다. 익스큐즈 미, 라고 말하면서 그녀의 곁을 지나가는 외국인을 보며 혹시 이 남자가 미키는 아닐까 잠시 생각했다.

바보. 경호가 놀리려고 대충 지어낸 얘기잖아.

애라는 또 피식 웃었다. 보고 싶었다. 하루에도 몇 번씩 그녀를 웃게 만드는 남자, 그녀가 아는 한 하얏트 호텔과 가장 잘 어울리는 남자를.

금요일. 여보여보 클럽. 로미.

로미는 여보여보 클럽에서도 가장 성실한 아가씨였다. 언제나 여덟 시 전에 가게에 나오는 것이 그녀의 원칙이었다. 오늘도 마찬가지. 그녀는 이태원에서 한남동으로 내려가는 대로변에 위치한 가게 입구 계단을 천천히 내려갔다.

이 시간에는 손님도 없고 아가씨도 없고 마담 언니인 미래 엄마뿐이다. 가게에서 언니라는 호칭 대신 엄마라는 호칭으로 불리는 유일한 여자, 아니 트랜스젠더. 그녀가 물었다. 매일 같은 인사지만 형식적이지 않은 진심이 느껴진다.

"로미 왔어? 밥 먹었니?"

"네." 하고 대답은 했지만 사실 로미는 저녁을 먹지 않는다. 배가 나오는 것이 싫어서 저녁을 거른 지 몇 년 됐다.

여자도 아닌 년이 여자처럼 보이려면 더 여자 짓을 해야지. 그럴 성의도 없는 년들은 여기에 있을 자격도 없어.

이렇게 말한 사람이 바로 엄마 아니었던가. 나이 오십에도 메이크업을 하고 의상을 입으면 화려한 나비처럼 퇴폐적인 여성미가 퍼덕거리는 엄마, 여보여보의 왕언니 정미래 말이다.

"로미야 오늘 너 아주 운 좋은 날이다. 외로운 오빠가 해 떨어지기도 전에 와서 너 기다리고 있어."

엄마의 턱짓이 가리키는 곳을 보니 건장한 체구의 남자가 혼자 앉아서 술을 마시고 있었다. 이 시간에, 그것도 혼자 온 손님은 로미가 여보여보에서 일한 지 3년 만에 처음이었다. 로미는 홀복으로 갈아입자마자 손님 옆에 앉았다.

흘깃 얼굴을 보고 깜짝 놀랐다. 이른 저녁 시간에 혼자 술 먹는 사람 같지 않아서였다. 우리나라 남자 같지 않은 오똑한 콧날에 쌍꺼풀이 진한 눈이 인상적이었다. 옷차림도 깔끔했다.

"안녕하세요? 로미에요." 그녀의 인사에 남자는 고개를 끄덕였다.

"니가 로미구나. 안 그래도 마담 언니가 그러더라. 로미라는 아이가 제일 먼저 올 거라고."

목소리도 근사했다.

"우리 가게는 처음이세요?"

"응."

"어떻게 혼자 오셨어요?"

"여자들한테 진력이 나서. 그렇다고 남자랑 잘 수는 없고. 니들은 여자도 남자도 아니잖아."

어딘가 가시 돋친 말이긴 해도 이런 식의 말을 워낙 자주 들어서 기분이 나쁘진 않았다. 로미는 웃으면서 술을 따라주었다.

"너도 마셔." 남자는 로미의 얼음 잔에 위스키를 가득 따라주었다. 남자는 이미 많이 취해 보였다.

술을 마시면서 로미는 몇 가지 정보를 얻었다. 손님의 이름은 김태인. 직업은 치과 의사. 최근에 엄청나게 충격적인 일을 겪고 제정신이 아니라고 했다. 가장 중요한 사실. 그는 오늘 로미를 데리고 밖에 나가고 싶어 했다.

"니들도 수술했으면 거기 생긴 건 똑같은 거지?"

"그럼요. 똑같아요."

"어차피 술 취해서 잘 구별도 안 갈 텐데 뭐."

"너무 겁내지 말아요."

태인은 로미를 안으며 한숨을 토해냈다. 즉흥적인 행복감이 그녀의 피를 따뜻하게 했다. 어느 손님이든 그녀를 여자로 대해줄 때 제일 행복했다. 술에 취해서건, 호기심에서건 상관없다.

시간이 지나자 다른 아가씨들도 속속 출근했다. 여자 뺨치게 날씬한 44 사이즈의 지수, 키 170cm에 E컵 가슴을 가진 글래머 도연, 누가 봐도 마음 좋은 아저씨 같이 생겼지만 말 한 마디 한 마디가 너무 웃겨서 단골손님이 많은 민정 언니, 기가 막히게 춤을 잘 춰서 2부 쇼타임 때 제일 팁을 많이 거둬들이는 윤지 언니까지. 다들 초장부터 근사한 남자를 꿰차고 앉아있는 로미를 부러워했다. 로미는 내심 불안해졌다. 이러다가 마음을 바꿔서 다른 아가씨하고 나간다면 어떡하지?

"오빠. 많이 취하신 거 같은데 이제 나갈까?"

"아직 아홉 시도 안 됐잖아. 나 어차피 오늘 집에 안 들어갈 거야. 씨발. 니네 밤에 무슨 쇼도 한다며? 그거 보고 나가야지. 마담이 그러던데?"

결국 태인은 축 늘어진 채로 트랜스젠더 쇼까지 감상했다. 분위기가 맞는 아가씨들이 삼삼오오 팀을 이루어서 각 팀의 개성에 맞는 음악에 맞춰 무대를 선보였다. 어떤 무대는 화려하고, 어떤 무대는 야했고, 어떤 무대는 코믹했다. 로미도 무대에 섰다. 다른 아가씨 두 명과 함께 팀을 이룬 그녀의 무대 컨셉은 로맨틱이었다. 샘 브라운의 〈Stop〉에 맞춰 실연당한 여자의 심정을 춤으로 표현했다. 욕망과 절망, 쾌락과 알코올이 음악과 불빛의 용매 속에 뒤섞이는 곳, 이곳이 여보여보 클럽이었다.

쇼가 끝나고 옷을 갈아입고 태인의 자리로 왔을 때 로미는 철렁했다.

태인이 없었다. 그럼 그렇지. 낙담한 로미의 귓등에 달콤한 목소리가 들렸다.

"옷 갈아입고 나와. 밖에서 기다리고 있을게."

갈 준비를 다 마친 태인이 서 있었다. 맙소사. 그는 로맨틱하기까지 한 남자였다.

하얏트에 도착해서도 태인의 매너는 훌륭했다. 가게 손님을 포함해서 로미가 지금까지 잠깐이라도 만남 남자 중에 가장 근사한 남자였다. 다만 걸음이 흔들릴 정도로 술에 취한 모습이 좀 불안했다. 다행히 태인은 방문을 무사히 열고 로미를 데리고 들어갔다.

"오빠 먼저 누워있어. 나 씻고 올게."

로미가 화장실에 막 들어가려는데 태인이 그녀의 팔을 잡았다. 필요 이상의 강한 힘에 팔이 아팠다. 태인이 명령했다.

"씻지 마. 바로 빨아."

태인은 그 자리에서 비틀거리며 옷을 벗어버렸다.

"오빠 급하구나. 알았어."

로미도 천천히 옷을 벗었다. 노골적인 호기심이 담긴 태인의 시선을 느끼며 알몸이 되었다.

"진짜 비슷하네. 씨발."

태인은 침대에 털썩 걸터앉았다. 로미는 무릎을 꿇고 그의 페니스를 입에 머금었다. 그런데 아무리 빨아도 딱딱해지지 않았다. 로미는 잠깐 입을 떼고 말했다.

"오빠. 많이 취했나 봐. 안 되는데? 좀 쉬었다 다시 할까?"

태인은 억양 없는 말투로 다시 명령했다.

"닥치고 빨아."

로미는 얌전히 말을 들었다. 적막함 속에 쩝쩝거리는 소리가 불안하게 이어졌다. 잠시 뒤 태인의 목소리가 로미의 뒤통수에 내려앉았다.

"좋냐 이 새끼야? 니 거 떼고 남의 거 빨고 있으니까 좋아?"

그리고 킥킥대는 웃음소리가 들렸다. 로미는 속으로 욕을 했다. 씨발 새끼. 지는 서지도 않는 주제에.

더 이상은 계속할 수 없었다. 벌써 30분이 넘었다. 턱이 빠질 거 같았다.

"아우. 우리 오빠 오늘 공짜운 있는 날이네. 오늘은 나 그냥 갈게. 담에 또 여보로 와. 여기까진 서비스다 알았지?"

로미는 화대를 포기하고 일어났다. 하도 무릎을 꿇고 있었더니 일어서는데 다리가 후들거렸다. 옷을 입고 방을 나가려는데 뒤에서 서늘한 목소리가 들렸다.

"씨발 놈이 어디서 토낄라고!"

뒤를 막 돌아보는데 날아드는 주먹이 보였다. 눈을 맞았다. 맞는 순간에 별이 반짝 보였다. 무자비한 주먹질에 로미는 뒤로 쓰러졌고 벽에 머리도 박았다.

"오빠... 오빠 이러시면..."

태인은 신음하는 로미의 멱살을 잡고 일으켰다. 겨우 끌려 일어난 로미의 얼굴에 또 한 번의 주먹이 날아왔다. 연거푸 날아오는 펀치에 로미는 정신을 차릴 수 없었다. 그녀는 분노를 누르려고 애썼다. 참자. 참자. 제발 참자.

태인은 로미의 멱살을 잡고 흔들어 대기 시작했다.

"이 시발 새끼. 이 시발 새끼. 너도 내가 우습냐? 우스워? 내가 졸로 보이냐? 날 속인다고 내가 속을 거 같아?"

"오빠 제가 뭘 속였다고..."

"형이라고 불러 이 새끼야!"

태인은 다시 주먹을 뒤로 뺐다. 순간 로미는 태인의 눈빛을 봤다. 빨간 실핏줄에 살짝 눈물까지 고였다. 살기가 엿보였다. 태인이 제대로 조준한 주먹이 날아 들어왔다. 로미는 순간적으로 생각했다. 저거 맞으면 죽는다.

로미는 주먹을 피하고 태인의 턱에 자신의 주먹을 꽂았다. 여보여보 클럽 아가씨의 주먹이 아니었다. 1995년 소년체전 복싱 은메달에 빛나는 아마추어 복서 출신의 주먹이었다. 태인은 그대로 나가떨어졌다.

"아이구 아이구. 이년이 나 죽이네. 아이구."

신음하는 태인을 놔두고 방을 뛰쳐나왔다. 엘리베이터를 타고 호텔 로비를 지나 단숨에 도로로 나왔다. 뜨거운 눈물이 흘렀다. 복싱 글러브를 벗은 이후 처음으로 누군가를 때린 날이었다. 이것보다 더한 슬픔도 많았지만 한 번도 주먹을 휘두른 적은 없었다. 여자는 주먹을 휘두르지 않으니까.

다시 클럽에 돌아가도 될 시간이었으나 로미는 걷고 싶었다. 눈이 시큰거린다. 거울을 보진 않았으나 시퍼런 멍이 들었겠지. 옛날 생각이 났다. 여보여보 클럽에서 일하기 전에 그녀는 하얏트에서 이어지는 남산 도로에서 몸을 팔기도 했다. 그녀 말고도 많은 트랜스젠더들이 활동하는 장소였다. 가끔은 하얏트 제이제이에 가서 손님을 찾기도 했다. 그러다 종업원들에게 쫓겨나거나 성질 더러운 남자들에게 잘못 걸려 두들겨 맞은 날도 한두 번이 아니었다.

복잡한 심경으로 걷다 보니 한때 그녀가 호객행위를 하던 장소에 다다랐다. 로미는 자기도 모르게 옷매무새를 다듬다가 쓴웃음을 지었다. 아니다. 오늘은 그냥 택시를 잡자. 집에 가자. 쉬어야 한다.

오늘따라 택시도 없었다. 한참을 길가에 서 있는데 흰색 그랜저 세단이 그녀 앞으로 미끄러지듯 섰다. 양쪽 문이 열리고 건장한 체구의 남자 두 명이 내렸다.

"누구... 누구세요?"

남자들은 인사를 하지 않았다. 대신 다짜고짜 그녀의 목을 잡고 넘어뜨렸다. 길가에 쓰러진 그녀의 몸 위로 무차별적인 폭행이 쏟아졌다. 발과 주먹 사이사이 화풀이하는 목소리가 들렸다.

이런 쓰레기들 땜에 통일이 안 돼. 너 같은 놈도 아니고 년도 아닌 것들 땜에 에이즈가 퍼지잖아. 그냥 집에서 자위나 하지 왜 여기까지 기어나와서 몸을 팔아. 더러운 게이 새끼.

로미는 말하고 싶었다.

저는 게이가 아니에요. 저는 트랜스젠더에요. 저는 에이즈에 걸리지 않았어요. 저는... 저는...

차츰 의식이 흐려지는데 두 남자의 목소리와는 완전히 다른 목소리가 들렸다.

"그만 멈춰! 경찰을 부르겠어! 저리 비키지 못해!"

곧이어 폭행이 멈췄다. 동시에 로미는 꽉 잡고 있던 정신줄을 놓았다. 그녀를 흔드는 손길이 마치 어린 시절 재워주던 엄마의 손길처럼 느껴졌다.

태수 씨? 당신인가요?

하로미. 본명 박흥복. 만 35세. 그, 아니 그녀가 처음부터 스스로를 여자라고 생각한 건 아니었다. 중학교 때까지만 해도 남자치고 유난히 작은 체격의 소년일 뿐이었다. 어깨도 웬만한 여자들보다 좁았다. 집에서는 흥복이가 밥을 잘 안 먹어서 안 컸다고 생각했다.

두 명의 남동생들은 흥복이보다 키도 덩치도 더 컸다. 아무리 밥을 많이 줘도 흥복이 밥은 늘 동생들 차지였다. 엄마는 동생들한테 치어 밥도 못 찾아 먹는 흥복이가 안쓰러워 18평 아파트 구석에 흥복이만을 위한 반찬을 숨겨놨으나 동생들은 기막히게 잘 찾아냈다.

덩치에서만 밀리는 게 아니었다. '기집애 같은' 형을 우습게 여기는 동생들이 심부름을 시킬 정도였다. 건설현장에서 막일을 하는 아빠는 한 달에 딱 두 번 집에 들어오셨다. 형제들의 기강이나 버르장머리를 걱정하기엔 너무 피곤했다. 아빠에게도 흥복은 변변찮은 애새끼일 뿐이었다.

어느 날 엄마는 흥복이 손을 붙잡고 동네 복싱 도장을 찾았다. 주먹이라도 좀 휘두를 줄 알아야 동생들한테 밥그릇은 안 뺏길 거라는 생각에서였다.

─이놈 새끼야. 주먹질이라도 좀 배워. 그래서 동생들 개기면 딱 안 죽을 만큼만 패. 그게 살길이여.

흥복이도 열심히 했다. 처음에는 매일 2000번씩 시키는 줄넘기가 너무 힘들었지만 그러고 나면 집에 가서 라면 두 개를 순식간에 먹을 수 있었다. 워낙 군살 없던 체구였던 흥복은 몇 달 만에 몸을 만들고 본격적으로 복싱을 배웠다. 흥복은 순발력과 유연성이 뛰어났다. 집중력도 좋았다. 흥복도 재미를 붙였다. 스텝을 밟으며 샌드백을 치다 보면 작은 체구와 소심한 성격으로 무시당했던 기억들이 사라졌다.

고등학교에 들어가고 얼마 안 있어, 관장님은 엄마와 상의 끝에 흥복이를 선수로 키워보기로 결심했다. 흥복도 의욕이 있었다. 관장님은 아마추어 대회에 출전장을 내고 스파링 파트너를 붙여주었다. 체급도 더

높고 나이도 세 살 많은 대원이 형이었다. 대원이 형은 흥복이가 도장을 다닌 지 얼마 안 되었을 때부터 예뻐해 주던 형이었다.

　─기집애같이 이쁘게 생긴 놈이 제법 치는데?

　가끔 도장에서 마주치면 흥복의 머리를 쓱쓱 문질러주곤 했다. 그러면서 씨익 웃어주는 모습이 좋았다.

　─기집애 같이 이쁘게 생긴 놈이…

　일상적인 인사 같은 대원이 형의 말이 어느 날부터 흥복의 가슴을 쿵쾅거리게 만들었다. 가끔 머리를 안 문질러주고 그냥 지나가면 서운하기까지 했다. 그런 대원이 형이 스파링 파트너를 해주기로 했다는 말에 흥복은 잠을 이루기 힘들 정도로 흥분했다. 뒤늦게 찾아온 사춘기의 열병이었다.

　─이 새끼야 날려! 날리라고! 더 세게! 그것밖에 못하겠어?

　링 안에서 대원이 형은 다정하지 않았다. 거칠고 무서웠다. 흥복이는 대원이 형의 글러브에 펀치를 날릴 수 없었다. 부끄러웠다. 눈도 잘 못 마주쳤다. 눈을 감고 날리니 주먹이 제대로 꽂힐 리가 없었다.

　─이 새끼가 진짜!

　대원이 형은 흥복이를 밀어버렸다. 흥복이는 저 멀리 나가떨어졌다. 일어날 수 없었다. 아파서가 아니라 부끄러워서였다. 그는 글러브로 얼굴을 가린 채 흐느꼈다. 서러웠다. 하염없이 눈물이 났다. 대원이 형은 한참을 서서 내려다보다가 흥복이를 일으켜주었다.

그날 저녁, 운동이 끝나고 대원이 형은 흥복이를 데리고 역 근처 포장마차로 데리고 갔다. 허리가 굽은 할머니가 썰어주는 순대와 김말이를 안주 삼아 태어나서 처음으로 술을 마셔보았다. 이미 대학교 신입생이었던 대원이 형은 링 위에서보다는 한결 누그러진 어투로 말했다.

ㅡ너 운동 그런 식으로 할래? 아마추어 대회도 대회야. 너 그딴 식으로 하면 죽도록 맞다 끝나. 링에 올라가면 누가 도와주니? 그 새끼 안 죽이면 니가 죽는 거야. 알아?

흥복이는 아무 말도 안 하고 대원이 형이 주는 대로 소주만 홀짝홀짝 마셨다. 너무 썼다. 목구멍에서 술이 자꾸 멈추는데도 억지로 넘겼다. 그래야 대원이 형이 좋아할 거 같았다. 흥복이는 입도 못 열고 있는데 대원이 형이 계속 말했다.

ㅡ씨발 근데 이상해. 너 대회에서 맞음 어쩌냐. 나 그거 못 볼 거 같다. 왜 그렇지? 이상해. 딴 후배 새끼들 좆나 터져도 이기나 지나만 보이는데. 넌 그냥 못 볼 거 같다.

흥복이는 얼굴이 빨개졌다. 벌써 두 병째 들어가는 소주 때문일까?

둘은 한참 더 앉아 있다가 일어섰다. 흥복이는 일어서자마자 비틀거렸다. 대원이 형이 겨드랑이에 손을 넣고 부축해주었다. 흥복이는 그냥 몸에 힘을 빼고 기대버렸다.

ㅡ이 새끼 술도 못 마시네 이거. 기집애 같이 이쁘게 생겨가지고.

겨우 부축을 해서 걸었는데 자꾸 몸이 더 무거워졌다. 집까지는 앞으로 1킬로나 남았다. 결국 대원이 형이 두 손을 들었다.

-안 되겠다. 오늘은 그냥 도장에서 자자. 어차피 방학이잖아. 집에는 내가 전화 드릴게. 관장실에 이불 있어.

둘은 도장에 이불을 깔고 누웠다. 많이 취했다고 생각했는데 눕자마자 정신이 말짱해졌다. 옆에 대원이 형이 누워있다고 생각하니 줄넘기 2000번 할 때보다 심장이 더 빠르게 뛰었다. 착각일까? 왜 대원이 형의 숨소리가 거칠게 들리지?

갑자기 입술에 선명한 촉감이 느껴졌다. 대원이 형의 입술이었다. 홍복은 아무 말도 하지 못한 채 온몸이 얼어붙었다. 달콤한 어둠 속에서 대원이 형이 말했다.

-기집애 같이 이쁘게 생겨가지고.

태어나서 처음으로 타인의 혀가 입안으로 들어왔다. 미지의 영혼이 들어오는 느낌이었다. 홍복이는 그렇게 남자에 눈을 떴다.

홍복이가 로미라는 이름을 얻고 육체적으로도 여성의 몸을 얻은 건 첫 경험을 하고도 10년이나 더 지난 27살이 되어서였다. 성전환 수술 전에도 머리를 기르고 화장을 하고 여성복을 입고 다니긴 했으나 딱 붙는 스커트나 스키니 진을 입지는 못했다. 트랜스젠더치고 사연 없는 사람이 어디 있겠느냐마는 홍복이의 사연도 꽤나 기구한 축이었다.

수술비와 생활비를 마련하기 위해 몇 년 동안 일본에서 일을 했다. 술
집도 나가고 AV 비디오도 많이 찍었다. 다행히 술이나 마약에 빠지지
않고 어느 정도 돈을 모아 한국에 왔다. 성전환 수술 방법은 크게 두 가
지였다. 태국에서 하면 성기의 외형적인 면을 더 살려주고 한국에서 수
술하면 기능적인 면에 치중하는 편이다. 가장 유명한 곳은 부산 동아대
학교 병원이었다. 로미는 태국행을 택했다.

수술의 고통에 대한 두려움은 기대감에 비하면 아무것도 아니었다.
오히려 원하는 만큼의 모양이 안 나올까 봐 두려운 쪽이 더 컸다. 수술
은 성공적이었다. 수술을 마치고 인천 공항에 내리던 날은 전날의 폭설
로 온 세상이 하얗게 보였다. 로미는 그 순간을, 환생한 기분을 가슴에
아로새겼다. 이제 나는 여자다.

생계를 위해 바로 일을 시작했다. 고민하다가 트랜스젠더 클럽이 아
닌 일반 룸살롱을 선택했다. 보통 트랜스젠더들이 떡 벌어진 어깨나 목
소리 때문에 티가 나는 경우가 많은데 로미는 그런 점에서는 유리했다.
체격도 작고 목젖도 드러나 보이지 않았다. 목소리도 걸걸한 여자보다
더 여자 같은 정도였다.

수술을 마치고 불과 한 달 뒤부터 영등포의 단란주점 〈핑크 레이디〉
에 출근했다. 질 구멍이 막히지 않기 위해 1년 정도는 그곳에 이물질을
넣고 있어야 했다. 그래서 2차는 나갈 수가 없었다. 그런 속사정도 모르
는 마담이나 동료 아가씨들은 여기가 텐프로인 줄 아느냐며 잘난척한다

재수 없다 욕도 했다. 성병 때문에 저러는 거 아니냐며 로미를 피하는
아가씨들도 있었다.

1년이 지나고 성기도 완성될 즈음에 태수를 만났다. 태수는 〈핑크레
이디〉에 녹차와 생수를 배달하는 청년이었다. 아가씨들은 그를 공무원
오빠로 불렀다. 실제 공무원이어서가 아니고 9급 공무원을 준비하는 학
생이었다. 아가씨들이 보기에는 껄렁껄렁한 웨이터들보다는 태수가 훨
씬 더 번듯한 남자였다. 외모도 깔끔한 태수하고 연애를 해보려는 아가
씨들이 여럿이었다.

―어이 공무원 오빠. 시험 언제야? 내가 엿 대신 줄 거 있는데.

―미친년. 니꺼 먹음 재수 옴 붙겠다. 물 먹이는 년이잖아.

아가씨들의 놀림에도 태수는 얼굴을 붉히며 웃을 뿐 대꾸도 하지 않
았다. 다른 아가씨들처럼 로미도 태수의 그런 묵묵한 매력에 호감을 느
꼈다.

유독 손님이 엉겨 붙는 어느 날이었다. 술을 먹다가 갑자기 오랄 섹스
를 요구하는 손님 덕에 구역질이 치밀어 오른 로미는 잠깐 바람을 쐬러
나갔다. 화장실에 가는 척하고 주방 뒷문과 연결된 건물 밖으로 나갔다.
밤바람이라도 들이키며 속을 진정시키고 싶었다. 마치 기다렸던 사람처
럼 태수가 담배를 피우고 있었다.

―저도 한 대 주실래요?

사실 로미는 담배를 피우지 않았지만 태수하고 말을 나누고 싶어

손을 뻗었다. 태수에게 얻은 담배를 한 모금 깊게 빨아보았다. 콜록 콜록 기침이 나왔다. 태수가 어이없는 듯 웃었다.

　-피지도 못하는 담배는 왜 달라고 했어요?

　-그냥. 숨 쉬고 싶어서. 깊은숨 한번 쉬려구. 그래서 피고 싶었어.

　-누나 이런 데 있는 거 안 어울려요. 2차도 안 나간다면서요. 담배도 못 피우고. 이쁘게 생겨가지고.

　그 말에 로미는 멍해졌다. 대원이 형의 얼굴이 겹쳐 보였다. 태수가 말을 이었다.

　-누나. 오늘 일 끝나고 한잔할래요?

　-나하고? 너랑 술 먹고 싶어 하는 어린 아가씨들도 많던데. 왜 나이도 많은 나하고...

　-난 누나가 좋아. 다른 누나들은 다들 억세고 욕도 많이 하는데. 로미 누나는 천상 기집애 같아.

　천상 기집애. 어쩌면 로미가 가장 듣고 싶어 하던 말이었다.

　그날 둘은 술을 많이 마셨다. 로미는 실제보다 빨리 취한 척했고 태수에게 몸을 맡겼다. 노량진역 앞의 허름한 여관에서 로미는 처음으로 '그곳'을 통해 남자하고 잤다. 그날 밤 이후 둘은 연인이 되었다.

　태수는 노량진 고시원을 정리하고 로미 집에 들어왔다. 로미는 가게에서 친해진 유미라는 아가씨와 월세 백만 원짜리 투룸에서 같이 살고 있었다. 유미는 로미보다 다섯 살 어린 동생이었다. 빨래 한번 밥 한번 안 하고 장도 한번 안보는 싸가지 없는 동생이었지만 귀여운 구석도 있고 애교도 많았다. 유미도 태수를 불편해하지 않고 형부라고 부르며 잘 따랐다.

그 시절이 로미에게 가장 완벽한 삶이었다. 이렇게 몸과 마음이 완벽히 행복한 적이 있었던가? 이런 행복만 이어진다면 못할 게 없었다. 사랑하는 남자와 예쁜 동생에게 자신의 정체를 숨기고 있다는 사실이 늘 마음에 걸리긴 했지만 로미는 이렇게 생각했다. 너희를 속이는 대신 너희에게 최선을 다할게.

어느 날 로미는 태수에게 배달 일을 그만두라고 말했다. 태수는 의아해했다.

─무슨 소리야. 그럼 돈은? 누나 집에 얹혀살면서 생활비는 많이 절약되지만 그래도 학원비도 내고 밥도 사 먹어야지.

로미는 카드 하나를 내밀었다.

─일단 이거 써. 자기 공무원 시험 붙을 때까지 공부만 해. 현금도 뽑을 수 있어.

태수는 눈물이 그렁거리는 얼굴로 로미를 껴안았다.

─누나. 이 마음 잊지 않을 게. 나도 누나 가게 나가는 거 싫어. 내가 사랑하는 내 여자가 다른 남자랑 술 마시는 거 싫어. 내가 능력이 없어서 미안해. 꼭 시험 붙어서 남들 보란 듯이 그렇게 자기 공무원 아내 만들어줄 거야. 조금만 참아. 사랑해. 누나는 정말 내가 찾던 여자야. 천상

여자.

그 순간이 로미의 인생에서 가장 행복한 순간이었다.

얼마 안 있어 사장이 로미를 자기 방으로 불렀다. 갑자기 따귀를 맞는 동시에 로미는 알아차렸다. 들켰구나. 큰일 났다. 어디서 들은 걸까?

―더러운 트랜스 년이 나를 호구로 봤어? 이 개 같은 년, 아니 개 같은 새끼!

욕설과 폭행은 견디면 그만이었다. 가게는 옮기면 그만이었다. 그런데 사장은 무서운 이야기를 했다.

―너 태수랑 살림 차렸다며? 참나. 태수가 너 남자 새낀 건 아냐?

로미는 눈물마저 나오지 않을 정도로 놀랐다. 사장이 비릿하게 웃었다.

―오호라. 모르나 보네. 이 씨발년이 앙큼한 데가 있어.

사장은 갑자기 로미의 머리채를 잡고 책상에 엎드리게 했다. 치마를 거칠게 올리고 팬티를 찢어버렸다.

―사장님! 살려주세요. 잘못했어요. 제발! 이러지만 마세요! 저 이번 달 월급도 안 받을게요. 제발요!

―월급? 안 받아? 시발 니가 돈을 줘도 시원찮을 판이다.

로미는 묵직한 고통에 책상 모서리를 꼭 잡았다. 이를 꼭 물었다. 태수야. 미안해. 로미는 비명도 지를 수 없었다.

그날 이후 로미는 다시 이태원으로 갔다. 수술 전에 잠깐 일했던 곳이었다. 트랜스젠더들을 보는 사람들의 시선에 치를 떨었던 곳이었다. 트랜스젠더가 아니라 여자가 되고 싶었던 그녀에게 이태원은 절대로 가고 싶지 않은 곳이었다. 현실의 손에 떠밀린 그녀는 여보여보 클럽을 찾았다.

태수와 유미에게는 자세한 사정을 숨겼다. 손님하고 싸운 일 때문에 가게를 옮겼다고만 말했다.

로미를 불안하게 만드는 일이 또 있었다. 요즘 태수가 부쩍 늦었다. 시험 날짜가 다가와 공부에 열을 쏟고 있다고 여겼지만 늦어도 너무 늦었다. 새벽 3시, 4시가 되어야 들어왔고 가끔 마주칠 때면 술 냄새도 제법 났다. 태수는 공부 끝나고 학생들끼리 가볍게 한잔하는 거라고 둘러댈 뿐이었다.

이태원에서 일을 시작하고 처음 가게를 쉬는 날에 로미는 광장시장에서 사온 족발에 소주를 곁들어 술상을 준비했다. 태수에게 그날만큼은 좀 일찍 오라고 해서 오랜만에 소주잔을 놓고 마주앉았다. 그녀가 조심스럽게 말을 꺼냈다.

—자기 카드값이 요즘 좀 많이 나오더라. 밥값이 많이 드나 봐. 저녁은 내가 차려놓고 가는데. 늘 그대로더라. 입맛에 안 맞아?

—이제 슬슬 돈 아깝냐? 알았다. 시험포기하고 다시 핑크레이디에 배달 나갈게.

예상 못했던 냉소적인 대답에 로미는 깜짝 놀랐다.

―아니야! 자기 아니야. 매일 밖에서 사 먹으면 건강에 안 좋을까 봐 그러지. 매일 술 마시고 들어오는 것도 그렇고.

―너 공부해봤어? 안 해봤잖아. 공부가 얼마나 스트레스 받는 줄 알아? 야 그까짓 카드값 나 시험 붙음 끝이야. 공무원이 왜 철밥통인 줄 아니? 평생 정규직이라고. 그거 준비하면서 돈 좀 쓴다고 갈구냐? 같이 공부하는 애들이 다 어려. 내가 젤 나이가 많다구. 당연히 내가 밥값 내고 술값 내야 하는 거 아냐? 이 나이에 얻어먹니?

―아우 아냐. 알았어. 내가 미안해. 공부하는데 스트레스 받겠다. 대신 맛난 거 사 먹어. 건강에 좋은 거 말야. 어린애들한테 기죽지 말구.

로미는 괜한 말을 꺼낸 거 같아 후회스러웠다. 그때 유미가 집으로 들어왔다. 유난히 현관문 닫히는 소리가 컸다.

―언니 나 좀 봐.

유미의 목소리가 표독스러웠다. 로미는 오랜만에 태수랑 한잔하는 귀한 시간을 방해받기 싫었다.

―유미야 나중에 얘기하면 안 될까?

―그래? 그럼 여기서 얘기해봐? 나 지금 핑크레이디 사장 만나고 오는 길인데?

로미는 서둘러 유미를 데리고 방으로 들어갔다. 유미가 비웃으며 말했다. 그녀는 모든 것을 다 알고 있었다. 사장한테 강간당한 사실도.

-언니 비위 참 좋다. 나 그 새끼하고는 죽어도 못 자겠던데. 나름 느끼는 거 같았다던데? 맞아? 언니, 아니 오빠도 할 때 느껴?

-유미야. 속여서 미안해.

-내가 그래도 태수 씨한테는 말 안 할게. 그동안 쌓인 정이 있으니까. 대신 조건이 있어. 나 3천만 해줘. 마이킹 갚고 가게 옮기게. 나, 이 가게 싫어. 2차가 너무 많아. 씨발 하루 세 번이 뭐냐? 쪽팔리게.

3천만 원이라는 돈의 무게가 로미의 정수리를 짓눌렀다.

-왜? 싫어? 그럼 그냥 형부한테 다 얘기할게. 형부 그동안 남자새끼랑 그 짓 했다고.

일주일 뒤 로미는 유미에게 원하는 액수를 입금해주었다. 그게 끝이 아니었다. 유미는 심심하면 몇만 원, 몇십만 원씩 돈을 요구했다. 그럴수록 로미는 태수에게 더욱 집착했다. 태수가 시험만 붙으면 이 생활도 끝이니까.

공무원 시험이 있던 그날, 로미는 강남의 유명한 이태리 레스토랑을 예약했다. 공교롭게도 태수랑 정식으로 사귄 지 1년이 되는 날이기도 했다. 로미는 이태원 클럽에 휴가를 냈다.

로미는 결심하고 있었다. 오늘 고백을 할 것이다. 끝까지 태수를 속이려던 건 아니었다. 시험 준비하는데 충격을 주고 싶지 않았던 마음도 컸다.

그녀는 법원에 성별전환신청을 해놓고 결과를 기다리던 상황이었다. 하리수가 주민등록번호 1번에서 2번으로 고치는 소송을 성공한 이후 꽤 많은 트랜스젠더 친구들이 2번을 얻었다. 절차와 요건은 치욕적이었다. 로미도 부족하지 않은 자료를 냈으나 고지식한 판사를 만나 한 번 기각된 적이 있었다. 로미는 자기의 음부 사진까지 더 많이 첨부해서 다시 신청서를 냈다. 같은 판사가 걸리지 않는 한 통과할 자신이 있었다.

여보여보 클럽에서의 일도 이제 숙명처럼 받아들였다. 사실 영등포 시절보다 수입도 더 많고 무엇보다 마음이 편했다. 클럽 친구들은 다정했다. 같은 아픔을 공유하는 친구들은 일반 남성과 동거까지 하는 로미를 부러워하고 응원해주었다. 술과 웃음은 팔지만 태수에게 정조는 지키고 싶은 로미의 마음을 이해해주었다. 가끔 술 취한 손님이 끝까지 로미를 데리고 나가려 고집을 피우면 자기들이 나서주기도 했다.

―아우 로미 걔는 맛이 없어. 걘 수술 잘못되어서 물도 잘 안 나와. 나는 안 될까? 내가 나이는 많아도 날 한번 맛본 새끼들은 절대 다른 년 못 먹어.

그녀들에겐 로미가 한 가닥 희망이기도 했다. 그녀들도 남자와 알콩달콩 사랑하고 함께 살 수도 있다는 희망.

그날을 위해 로미는 중고 모닝 자동차까지 뽑았다. 태수를 위한 선물이었다. 태수에게는 아직 면허가 없었지만 면허를 따는 데로 차를 넘겨주기로 했다. 매일 버스와 지하철을 타다가 자동차 조수석에 탄 태수는 입이 귀에 걸렸다. 어린애처럼 천진하게 웃는 모습을 보니 로미의 마음이 뿌듯해졌다. 눈물이 날 뻔했다.

두근거리는 마음으로 운전하고 있는데 강남으로 나가는 길목이 좀 심하게 막혔다. 음주를 잡을 시간도 아니고 퇴근 시간도 아닌데. 저 앞을 보니 경찰차가 세 대나 보였고 바리케이드까지 쳐놓고 차를 검문하고 있었다. 로미 차례가 되자 경찰관이 창문을 내리게 하고 경례를 붙였다.

─통행에 불편을 드려 죄송합니다. 조금 전 영등포 구치소에서 여성 용의자 한 명이 도망을 쳐서요. 면허증 좀 꺼내주십시오.

로미는 온몸이 얼어붙는 기분이었다. 겨우 들릴 듯 말 듯 작은 소리로 말했다.

─저... 안 가져왔어요.

─그럼 주민등록증은요? 그것도 없으시면 번호라도 부르세요. 요새는 즉석에서 조회가 됩니다.

로미가 가만히 있자 경찰이 재촉했다.

─얼른 번호 대세요. 뒤차 기다려요.

미적거리는 로미를 보다가 태수도 짜증이 났는지 한마디 했다.

─얼른 번호 대. 뭐하는 거야.

더 이상 가만있을 순 없었다.

─811011 1...

─네? 811011 그리고 뭐요?

-1029…

-1이요? 2가 아니구 1이요?

이해를 못하고 서 있던 경찰관의 표정을 잊을 수 없다. 아직 어둠도 내리지 않았는데 눈앞이 캄캄해졌다.

그날 밤은 로미의 인생에서 가장 끔찍한 밤이었다. 집에 돌아온 태수는 다짜고짜 로미를 때렸다. 로미는 때리는 데로 맞다가 권투를 할 때 습관이 나와서 몇 번을 피했는데 태수가 벽을 잘못 치는 바람에 손가락이 부러지는 소동까지 벌어졌다. 결국 로미는 여보여보 클럽의 왕마담 미래 엄마 집에서 며칠을 지냈다.

-로미야. 오늘쯤은 집에 가봐. 태수 씨도 널 다시 보면 맘이 달라질 거야. 싸우더라도 얼굴 보고 싸워야지 정이라도 들지.

엄마의 말에 로미는 무거운 가슴을 움켜잡고 집으로 향했다. 영등포 골목을 걷다가 집 근처 약국에 들렀다. 술집에 다니다 보니 온갖 약을 달아놓고 먹는 터라 가족처럼 친해진 할머니 약사가 있는 약국이었다. 태수에게 손 찜질을 해주기 위해 파스와 진통제, 붕대 등등을 샀다.

약을 사 들고 집에 들어가니 아무도 없었다. 오후 4시였다. 태수도 유미도 둘 다 집에 있을 시간인데 텅 빈 집 안에는 컵라면 용기와 소주병들이 나뒹굴 뿐이었다. 먹던 김치통 뚜껑도 열어놓은 지 며칠이나 됐는지 쉰내가 코를 찔렀다.

으이구. 둘 다 밥이라도 해먹지. 이것 봐. 나 없음 아무것도 못하면서.

로미는 집 안을 깨끗이 청소하고 잡채랑 불고기랑 부추전을 해놓고 태수를 기다렸다. 하지만 태수는 그날 들어오지 않았다. 전화기도 꺼져있었다. 유미도 마찬가지였다. 다음날도 그 다음날도. 로미는 〈핑크레이디〉에서 같이 일하던 동생 가희에게 전화를 걸었다. 유미의 절친이었다.

가희가 작정한 듯 쏟아낸 이야기는 로미를 지옥으로 밀어 넣었다.

─둘이 오래됐어. 유미 그년이 여기서 자랑처럼 얘기했어. 태수가 언니 집에 들어가고 얼마 안 돼서부터 그랬대. 유미 그년 취미가 남의 남자 뺏는 거야. 꼭 남의 손님 뺏고 남의 남자친구 뺏고. 여기서도 그래서 맨날 애들이랑 머리 뜯고 싸웠잖아. 그런 애가 있는 집에 남자를 들여? 걔들 언니 카드로 맨날 밥 사 먹고 술 마시고 놀러 다녔다는데 언닌 그걸 그냥 놔뒀어? 언니! 정신 차려. 여자의 적은 여자야.

하루하루 지나면서 끔찍한 상황이 이어졌다. 태수는 이미 로미집을 중개업소에 내놓고 보증금까지 싹 다 가져간 상태였다. 로미가 준 카드를 한도까지 쓴 건 둘째 치고 카드깡으로 사채를 빌려 쓴 사실도 드러났다. 모두 로미 앞으로 떨어진 빚이었다.

로미는 그래도 태수를 찾고 싶었다. 태수의 눈을 보고 손을 잡고 물어보고 싶었다.

나를 한 번이라도 진짜 여자 친구로 생각한 적 있어?

로미는 이태원으로 이사했다. 본격적인 트랜스젠더 아가씨의 삶이 시작된 것이다. 자주 외롭고 매일 피곤했다. 가끔 끔찍한 날도 있었다.

오늘은 평균보다도 한참 밑도는, 최악의 하루였다.

아스팔트 바닥에 쓰러져 정신을 잃었다가 눈을 뜬 로미는 병원 침대에 누워있는 자신을 발견했다. 욱신거리는 눈을 옆으로 돌려보니 정신을 잃기 전에 그녀를 구해주었던 남자가 보였다. 백인이었다. 나이는 마흔이 조금 넘어 보였다.

"정신이 좀 들어?" 남자는 더듬거리는 우리말로 말했다.

"그쪽이 저를 여기 데려왔어요?"

"크게 다치지 않아서 다행이야. 의사 말이 쇼크 때문에 잠깐 정신을 잃은 거래."

"그쪽은 누구신데요?"

"나는 미키야. 미키 와일드. 조깅을 나왔다가 아가씨가 트러블 있는 거 봤어. 많이 아프지?"

좀 살 것 같았다. 링거를 맞아선지 기운도 좀 났다. 로미가 있는 곳은 순천향대학교 응급실이었다. 몸 여기저기가 멍투성이였지만 병원에 더 있다고 나아질 일은 아니었다. 로미는 정신을 차리자마자 퇴원 수속을 밟았다. 미키도 그녀를 따라 나왔다. 둘은 택시가 있는 대로까지 나란히 걸었다.

"아깐 정신이 없어서 인사도 못했네요. 고마워요."

"고맙긴. 당신처럼 예쁜 여자를 때리는 인간들이 제정신이 아닐 뿐이지. 누구라도 도왔을 거야."

예쁜 여자라는 말에 로미는 피식 웃었다. 이제 기대하지도 않는다. 성전환수술을 하고 얼마 안 있어서는 모두 그녀를 여자로 봐줬지만 서른 중반으로 넘어오면서 자꾸만 남자의 모습이 튀어나왔다. 세월은 그냥 여자들보다 트랜스젠더에게 더 큰 위협이다. 여자들은 늙지만 트랜스젠더들은 변한다.

멀리서 빈 택시가 다가왔다. 로미는 아무래도 한 번 더 감사의 인사를 해야지 생각했다.

"정말로 감사합니다. 이 신세를 어떻게 갚아야 할지. 제가 클럽에서 일하는데 혹시 오시면 술 한 잔 살게요. 어떤 클럽이냐면 흠..."

"어떤 클럽인지 알겠는데?"

뭐야. 벌써 눈치챘다는 거야? 로미는 씁쓸한 기분이 되어 고개를 끄덕였다.

"그렇게 티가 나나요?"

"아니. 당신은 정말 예뻐. 보통 사람이라면 눈치챌 수 없을 정도로."

"당신은 보통 사람이 아니란 얘기네요."

"보통 사람들보다는 좀 더 사연이 복잡하지."

"사연으로 치면, 저만 하려고요."

"우리 여기서 이러지 말고 뭐 먹을래? 나 사연 복잡한 여자를 구하느라 뛰어다녔더니 엄청 배고파. 굶어 죽을 거 같아."

미키의 말에 로미가 웃었다. 그녀는 고개를 끄덕여 승낙했다. 택시를 타고 이태원 소방서 골목 뒤로 향했다. 골목 깊이 자리 잡은 이모네 감자탕으로 미키를 데려갔다. 늦은 밤인데도 손님이 제법 많았다.

사람들은 힐끗힐끗 미키와 로미를 쳐다봤다. 그렇겠지. 얼굴에 멍이 들고 머리가 산발인 짙은 화장의 여자와 덩치 좋은 백인의 앙상블이 평범하진 않으니까. 멋쩍어하는 로미를 위해 미키는 센스 있게 선글라스를 건넸다. 선글라스를 낀다고 멍이 다 가려지진 않지만 안 쓴 것보단 맘이 훨씬 편했다.

주문을 하고 음식을 기다리는데 미키의 오른쪽 팔뚝에 새겨진 여자 얼굴 문신이 눈에 들어왔다. 로미가 문신을 가리키며 물었다.

"특이한 문신이네요."

"오래된 문신이지."

"특별한 의미가 있어요? 사랑했던 여자?"

"한 번에 맞췄네. 맞아."

"지금은요? 진행 중?"

미키는 고개를 내저었다. 주문한 음식이 나올 때까지 둘은 별말을 하지 않았다. 미키는 의외로 감자탕을 제대로 먹을 줄 알았다. 한국 사람처럼 뼈를 손에 쥐고 쪽쪽 거리며 빨아먹었다. 입가가 감자탕 국물로 빨갛게 물들었다. 로미는 휴지로 입가를 닦아주었다. 미키는 실실 웃으면서 계속 감자탕을 먹었다.

어느 정도 배가 부르자 로미는 소주를 한 병 시켰다. 소주를 한잔 비운

로미가 미간을 찡그리며 탄성을 뱉었다.

"아 좋다. 소주 한잔 하니까 살 거 같아."

좀 전까지 응급실에 쓰러져 있던 사람 같지 않게 로미 얼굴에 혈색이 돌았다. 그런 모습을 담담하게 바라보는 미키였다.

"나, 웃기죠? 눈에 멍도 들고. 진짜 웃기겠다."

"아니. 되게 익숙해. 사실은 그 멍까지도."

이건 또 무슨 얘기일까? 그는 말을 이었다.

"우리의 인연, 놀라워."

"인연이요?"

"내 이야기를 들어보시면 로미 씨도 놀랄 거야."

다음은 소주 한잔을 더 꺾은 후 그가 들려준 이야기.

미키 와일드. 그는 캘리포니아의 따뜻한 햇살 아래 태어나 특별하지 않은 유년기를 보냈다. 어린 미키의 삶이 두 동강 난 것은 엄마 때문이었다. 군인이었던 아버지가 훈련을 나간 동안 엄마는 미키를 고모에게 맡기고 도망가 버렸다. 훈련에서 돌아온 아빠가 온 동네를 다 뒤져보았지만 그녀는 외계로 날아가 버린 것처럼 감쪽같이 사라졌다.

그 뒤로 아빠가 달라졌다. 술과 폭력이 아빠의 언어였다. 군대에서도 트러블을 일으켜 쫓겨날 뻔하다가 겨우 사태를 수습하고 한국에서 3년 동안 복무하는 조건으로 강제 전역을 피할 수 있었다. 아빠가 한국에 있는 동안 고모 집에 맡겨진 미키는 차라리 아버지가 영원히 돌아오지

않기를 바랬다. 아빠의 주먹에 맞는 일은 아프면서도 슬퍼서 더 견디기
가 힘들었다. 그러나 3년이 지나고 미키가 열 살이 되던 해 아빠는 한국
에서 돌아왔다.

아빠 혼자가 아니었다. 아빠는 한국 여자를 한 명 데리고 왔다. 아빠
는 그 여자를 엄마라고 부르도록 시켰다. 처음에는 새엄마의 모든 것이
싫었지만 시간이 지날수록 미키는 엄마에게 마음이 갔다. 그녀는 진정
으로 미키를 위해주었다. 친엄마처럼 정성껏 미키를 돌봤다. 그녀가 영
어를 하지 못한 탓에 미키는 그녀를 통해 자연스럽게 한국어를 익혔다.

그녀의 이름은 명희. 그녀의 비밀은 얼마 지나지 않아 미키에게도 알
려졌다. 그녀는 트랜스젠더였다. 미키의 아빠도 그 사실을 알고 미국으
로 데려왔다. 미키는 상관없었다. 누가 뭐래도 엄마는 미키의 모든 것이
었다. 이 넓은 세상에서 애착 관계를 맺고 있는 유일한 존재인데 트랜스
젠더면 어떻고 레즈비언이면 어떻겠는가.

명희는 무척 강인한 영혼의 소유자였다. 술이 취할 때마다 아빠의 멸
시와 구타가 이어졌지만 그녀는 고스란히 견뎌냈다. 미키는 아빠가 난
동을 부릴 때마다 공포에 떨어야 했다. 맞을까 봐가 아니었다. 엄마가
또 도망갈까 봐 두려웠다. 그러나 두 번째 엄마는 끝까지 미키를 버리지
않았다. 그녀는 아들의 수호신이었다. 미키가 기억하는 엄마는 늘 얼굴
에 멍투성이였지만 그 눈으로 항상 미키를 사랑스럽게 지켜봐 줬다.

고등학교에 들어갈 즈음 미키의 덩치는 아빠만큼 커졌다. 미키는 결

심했다. 이제 더 이상 엄마가 아빠에게 맞도록 놔두지 않겠다고. 그러나 아빠에게는 다른 생각이 있었다.

미키의 열일곱 번째 생일 저녁, 술에 취한 아빠는 엄마를 총으로 쏴버렸다. 미키가 소리 지를 틈도 없이 아빠는 자기 머리에도 방아쇠를 당겨버렸다.

미키는 극심한 절망과 자책감에 사로잡혔다. 그는 자연스럽게 동네의 문제아들과 어울려 지냈다. 다행인지 불행인지 미키에게는 총명한 두뇌가 있었다. 그는 대학에서 경제학을 전공했다. 다른 동기들과 달리 그는 암흑의 세력과 손잡고 일하는데 대학교 졸업장을 썼다.

20년 가까운 세월 동안 미키는 수많은 마약 조직과 일했다. 자금을 세탁하고 조직 간의 거래에도 관여했다. 그는 갱스터들이 보기에는 여러모로 특이한 인물이었다. 제일 특이한 점은 여자에 대한 무관심이었다. 미키는 여자를 가까이하지 않았다. 그렇다고 게이도 아니었다. 다만 아직 사랑하는 여자를 찾지 못했을 뿐. 그리고 또 한 가지. 미키는 돈 욕심도 없었다. 지저분하고 위험한 일을 하는 만큼 수입은 짭짤했지만 결코 무리한 돈 욕심을 내지 않았다. 돈과 여자에 대한 금욕은 지금까지 그가 버텨온 비결이기도 했다.

"그런데 한국에는 왜 들어오신 건가요?" 미키의 이야기를 쭉 들어오던 로미가 물었다.

"이 생활을 그만두기로 마음먹었거든. 한국에서 여생을 보내려고."

"왜 하필이면 한국이죠?"

"엄마의 나라니까."

"놀라운 인연이네요. 우리."

"그렇지?"

미키는 빙긋 웃으며 지갑에서 사진을 한 장 꺼내 보여주었다. 마흔쯤으로 보이는 한국 여자와 꺼부정한 사춘기 소년 미키가 다정하게 찍은 사진이었다. 여자는 사진으로 봐서는 트랜스젠더 티가 나지 않았다.

"엄마가 참 미인이셨네요."

"너도 봐서 알겠지? 너하고 꼭 닮았어."

다시 사진 속의 엄마를 보니 그런 것 같기도 하고 아닌 것 같기도 했다. 미키가 자신의 팔뚝을 가리키며 말했다.

"이 문신도 엄마 얼굴을 그린 거야. 문신 새기는 녀석 솜씨가 별로여서 아주 꼭 같지는 않지만. 로미하고도 비슷한지 한 번 보자."

그러면서 로미 얼굴 옆에 문신을 슬쩍 대어보는 미키였다.

"하지 마요. 부끄럽게."

미키와 로미 사이에 묘한 기운이 흘렀다. 이모네 감자탕 벽시계는 두근두근 자정을 향해 발걸음을 옮기고 있었다. 미키는 소년 같은 시선으로 하염없이 로미를 응시했다. 벅찬 시선을 견디지 못하고 로미가 슬쩍 눈을 피하는 사이 오늘의 마지막 1초가 지나갔다.

GRAND | HYATT

GRAND|HYATT

<u>토요일. 하얏트. 사람들.</u>

이모네 감자탕에서 나온 미키와 로미는 이태원 거리를 걸었다. 주위엔 심야의 낭만을 즐기는 사람들이 오선지 음표처럼 촘촘히 움직였다. 청바지에 면티를 입은 외국인들, 한껏 멋을 내고 클럽에 드나드는 젊은 이들, 비틀거리며 걷는 낭만 취객들. 모두 늦은 밤 이태원 골목의 주인이었다.

미키는 역시 들뜬 분위기에 젖어들었다. 엄마가 죽은 그날 밤 이후 미키의 마음은 언제나 무채색이었다. 기쁜 일도 슬픈 일도 없다는 식의. 오늘은 달랐다. 그는 설레었다. 그를 한국으로 이끌었던 막연한 힘의 정체가 무엇인지 알 것도 같았다. 어쩌면 운명일까.

"어디로 가세요?" 로미가 물었다.

"하얏트로 가야지."

"저도 집에 들어가 봐야겠어요. 피곤하네요."

천천히 발을 옮기던 미키가 걸음을 멈추었다. 로미도 따라서 멈추었다. 미키가 로미의 눈을 보며 말했다.

"오늘 밤 같이 지낼래?"

로미는 대답을 하지 못했다. 미키는 간절한 눈빛을 거두지 않았다. 로미가 미키의 손을 잡고 대로로 이끌었다. 둘이 탄 택시는 하얏트로 향했고 잠시 뒤 둘은 1104호에 함께 들어갔다. 호텔 방의 고요함 속에서 둘은 말을 아꼈다. 로미가 먼저 샤워를 했고 미키도 샤워를 했다. 그리고 나란히 누웠다.

"내가 재미있는 이야기 하나 해 줄까?"

"당신이 해 준 이야기는 다 재미있었어요."

"정말 특이하네. 누군가 나를 재미있다고 했던 일도 처음이야. 내가 오늘 밤만큼 많은 이야기를 한 것도 처음이고."

"처음이 많은 밤이네요."

"또 있어. 여자하고 누운 것도 처음이야."

"설마요." 로미는 아직 미키의 나이를 몰랐다. 그녀가 물었다.

"몇 살인데요?"

"마흔하나."

"말도 안 돼요. 마흔 살이 넘도록 여자하고 누운 적이 없다고요?"

"한국식으로 말하자면 나는 아직 총각이야."

로미는 소리를 내어 웃었다.

"이것 봐. 내가 재미있는 이야기라고 했지?"

"진짜 재미있네요. 반만 믿을게요."

"믿고 안 믿고는 너의 선택이지. 내가 진실을 말하는 쪽을 선택한 것처럼."

"그래서, 오늘 처음으로 하고 싶어요?"

"기분이 몹시 이상해."

"있잖아요. 지금 우리의 문제를 발견했어요. 우린 침대에서 말이 너무 많아요."

로미는 미키에게 입을 맞췄다. 그리고 천천히 그의 몸을 어루만졌다. 손이 아래로 내려가기도 전에 그녀는 알 수 있었다. 미키의 아래가 사춘기 소년처럼 부풀어 오르고 있음을. 그녀는 농담인 줄 알았던 미키의 고백이 진짜일지도 모른다는 생각을 했다.

같은 시간. 옆방인 1103호에서는 제니가 벽에 붙여놓은 F999B 형 벽면 도청기를 통해 미키와 로미가 만들어내는 소리를 모두 듣고 있었다. 알아듣지 못할 한국어로 대화하던 둘은 어느 순간부터 사랑을 나누기 시작했다. 제니는 도청 내용을 듣다가 교성이 높아지자 도청기를 꺼버렸다.

그녀는 노트북으로 돌아가서 인터넷 메신저에 접속했다. 보스인 스탠에게 하루 동안 도청하고 미행한 내용을 보고했다. 며칠째 패턴이 비슷했다. 낮에는 내내 TV를 보거나 오후에는 수영을 하다가 밤에는 산책을 하고 돌아오는 코스. 어젯밤의 특이사항이 있다면 자정이 넘어서 어떤 여자와 함께 방으로 돌아왔다는 내용이었다. 보스는 놀랍다는 반응이었다.

―여자? 미키 녀석이?

―네. 지금 한창 뜨거운 사랑을 나누고 있어요. 도청기를 안 써도 소리가 들릴 지경이에요.

―믿어지지 않는군. 여태 나는 놈이 게이라고 생각했는데. 특별히 연락하거나 만난 사람은 없고?

―없어요.

―너는 어때? 결심이 섰어?

―곧 말씀드릴게요.

―오래는 못 기다려.

―내일 결정하겠습니다.

―좋아. 그럼 쉬어.

―삼촌. 제 결정을 존중해줘서 고마워요.

-아직 결정을 안 했잖니. 존중할지 말지는 나 결정을 들어보고. 그만 자라.

제니는 스탠과의 대화창을 닫고 기지개를 켰다. 객실 창으로 보이는 서울의 야경에 한참 시선을 두었다. 늦은 새벽에 드문드문 켜진 불빛과 질주하는 자동차 헤드라이트 빛이 이름 모를 보석처럼 반짝였다. 어쩌면 이 도시에서 살 수도 있다고 생각하니 짜릿한 기대감이 그녀의 몸을 떨게 했다.

시계를 보았다. 새벽 두 시. 그녀는 노트북 옆에 놔둔 메모지를 들여다보았다. 인수호라는 한글 이름 아래 핸드폰 번호 11자리가 적혀 있었다. 아침이 밝으면 전화를 해야지. 수호가 그녀를 허락해주면 그녀는 미키를 처리하지 않고 미국으로도 돌아가지 않을 것이다. 수호와의 연애에 모든 것을 걸어볼 생각이다.

과연 그럴 확률이 얼마나 될까? 나머지 확률은 원래 계획대로 움직이는 것. 미키를 처리하고 미국으로 돌아간다. 계속 스탠의 일을 맡을지는 모르겠다.

제니는 옷을 벗으면서 겹겹이 둘러싸고 있는 생각도 함께 벗었다. 팬티에 반팔 티셔츠 차림으로 침대에 들었다. 좋은 꿈을 꿨으면. 내일은 또 한 번의 갈림길에 서는 날이니까.

몇 시간 뒤 수호의 집. 간밤에 모기 때문에 두 번이나 잠에서 깼던 수호는 여덟 시 정각을 알리는 핸드폰 알람시계 소리에 힘겹게 눈을 떴다. 토요일 아침이어서 학원에 일찍 나갈 필요도 없었지만 그는 매일 같은 시간에 기상했다.

자리에서 일어난 수호는 착착 다음 행동을 진행했다. 이를 닦고 샤워를 하고 간편한 복장으로 옷을 입은 다음 드라이어의 가장 약한 바람으로 머리를 말렸다. 아침을 먹으러 막 거실로 나가려는데 핸드폰이 울렸다. 모르는 번호였다. 잠시 망설이다가 전화를 받았다.

"네." 하고 경쾌하게 인사했다. 상대편은 말이 없었다.

"여보세요?" 수호가 다시 물었다. 그제야 목소리가 흘러나왔다.

"잇츠 미. 제니."

수호는 한참 동안 말을 잊은 채 굳어 있었다. 제니라니. 잊으려고 애썼던 이름인데. 한때는 그녀를 찾기 위해 연고도 없는 미국으로 건너가 한 달을 헤매고 다니기도 했는데. 요즘도 몸살처럼 가끔 찾아와 괴롭히긴 하지만 이제 제법 다룰 줄도 알게 된, 괴로운 기억의 주인공 제니.

"오랜만이야."

"하고 싶은 말이 너무 많아. 당장에라도 너를 봤으면 좋겠다. 나 서울에 왔어."

"설명도 없이 사라져놓고서는 5년 만에 불쑥 전화해서 만나자고?"

"전화로 미안하다고 말하기 싫어. 제발 만나자."

"너 없이 살 수 있게 되기까지 얼마나 힘들었는지 아니? 다시 만나면 어떻게 할 건데? 또 사귀다가 사라지려고?"

"내 이야기를 들어봐."

"싫어."

"혹시 결혼했거나 만나는 여자가 있니?"

"아니."

"그렇다면 수호야. 마지막으로 기회를 줘. 제발."

수호는 몇 번이나 심호흡을 한 다음 물었다.

"어디니?"

잠시 뒤 수호는 택시를 타고 하얏트에 내렸다. 로비 라운지에 들어서서 제니를 찾았다. 창가 쪽 자리에서 손을 들고 있는 제니를 금방 찾을 수 있었다. 하나도 달라지지 않았다. 그녀는 여전히 젊고 아름다웠다. 좁은 방에서 밤새도록 사랑을 나누고 이야기를 나누던 제니, 절망의 안갯속에서 멀리 보이는 희망을 향해 함께 달리던 스물다섯 살의 제니가 앉아 있었다.

"그대로구나." 제니가 인사했다.

"너도." 수호가 그녀 앞에 앉았다.

음료를 주문하고 수호는 미리 말해두었다.

"이런저런 변명을 하려면 그냥 아무 이야기도 하지 마. 얼굴 본 걸로 만족하고 헤어질게. 너를 사랑했던 것만큼 아팠고 분노했어. 오랫동안

너를 증오했어. 아직도 그 감정이 깊이 남아있을지도 몰라.”

“변명하고 싶지 않아. 나는 너에게 너무나도 잘못했어. 이해해 달라거나 용서해달라고 말하는 게 아니야. 나라도 그럴 수 없으니까. 다만 나에게 어떤 일이 생겼는지 말해주고 싶어서야.”

수호가 고개를 끄덕이자 제니는 이야기를 시작했다. 그에게 연락할 수 없었던 이유, 그를 떠나야만 했던 이유, 다시 돌아올 수 없었던 이유. 그녀가 얼마나 끔찍한 일을 저질렀는지. 그녀의 손에 묻은 피가 얼마나 붉었는지.

수호는 주문한 아이스티를 바닥이 보일 때까지 마셨다. 잔을 내려놓고 제니와 시선을 마주했다. 제니는 어떤 표정을 지어야 할지 몰랐고 수호는 무슨 말을 해야 할지 몰랐다. 제니가 다시 말했다.

“다시 말하지만, 변명이 아니야. 용서를 구하고 싶지도 않아. 다만 묻고 싶어. 이런 나를 사랑할 수 있겠냐고.”

수호의 턱이 부르르 떨렸다. 그가 겨우 입을 열었다.

“자기 멋대로 떠난 여자친구가 5년 만에 다시 돌아와서 그동안 마약 조직에 있었다는데, 다시 사랑할 수 있냐고?”

“미친 소리처럼 들리는 거 알아. 나로서는 지금 너에게 물어볼 수밖에 없어. 5년 전에 아빠의 복수를 할 수밖에 없었던 것처럼, 지금 너와 마주 앉아서 무례한 질문을 하는 것도 운명이라는 생각이 들어. 만약 니가 나를 다시 받아들여 준다면 나는 이곳에서 새 삶을 시작하고 싶어.”

"그래. 니가 여기 온 것까지는 운명이라고 치자. 내가 어떤 선택을 할지는 운명에 포함시키지 마. 그 후의 일은 더더욱."

"수호야. 나도 너를 잊기 위해 노력했어. 어쩌면 그래서 더 무자비한 길에 들어섰는지도 몰라. 일말의 가능성도 없애기 위해. 그렇지만 이렇게 다시 서울에 왔어."

제니는 간절함을 담아 수호를 바라보았다. 수호는 시선을 피하지 않았다. 어느 순간엔가 마음을 먹은 듯 또박또박 말했다.

"너를 받아들일 수 없어. 이유를 설명하라면 너무 많아서 설명할 수 없어. 원래 계획대로 일 마치고 돌아가. 신고는 하지 않을게."

수호는 자리에서 일어났다. 제니는 그를 잡지 않았다. 대신 그의 손에 오래된 폴라로이드 사진 한 장을 쥐어 주었다. 공항에서 찍은 둘의 사진이었다. 헤어지기 직전에 찍은 사진인데도 둘은 바로 내일 만날 사이처럼 환하게 웃고 있다. 둘의 뺨은 샴쌍둥이처럼 붙어있다. 제니가 말했다.

"다시 만날 때 돌려준다고 약속했잖아."

그녀는 애써 미소 지으며 손을 들어 보였다.

"잘 지내. 니가 지켜주고 싶은 사람, 꼭 만나길 바랄게. 이름이 헛되게 살진 말아야지."

수호는 끝까지 이별의 말을 하지 않고 호텔 라운지를 빠져나갔다. 점점 멀어지는 그의 묵묵한 등 위로 제니의 시선이 오래오래 머물렀다.

수호의 모습이 완전히 사라지고서야 제니는 두 손에 얼굴을 묻었다.

　미키와 로미는 아침을 먹고 올라왔다. 신혼여행을 온 커플처럼 사이좋게 손을 꼭 잡은 둘은 라운지의 빈 테이블에 앉았다. 미키는 핸드폰을 꺼내고 로미에게 부탁했다.
　"전화 한 통화만 할게. 나는 아메리카노 한 잔 주문해줘."
　"알겠어요."
　미키는 핸드폰에 저장해놓은 번호를 잠시 들여다보았다. 그는 잘 알고 있었다. 이 번호를 누르는 순간 그의 운명은 다른 사람의 손에 넘어간다.

　주 검사는 오른손에는 일반쓰레기 봉투, 왼손에는 음식물 쓰레기봉투를 들고 삼풍아파트 현관을 막 빠져나가던 참이었다. 점심을 먹고 처리하려고 했는데 쓰레기를 버리지 않으면 점심을 주지 않을 거라는 아내 애라의 애교 섞인 협박에 투덜거리며 나온 길이었다. 양손 모두 쓸 수 없는 상황에서 전화가 오자 주 검사는 음식물 쓰레기를 주차장 바닥에 잠시 내려놓고 주머니에 든 핸드폰을 꺼냈다. 11자리의 번호는 모르는 번호였다.
　"여보세요?"
　"주 검사님이시죠?"

그렇게 묻는 목소리의 주인공을 단박에 알 수 있었다. 미키다.

덜 풀린 피로 때문에 찌뿌둥한 기분이 단박에 사라졌다. 레몬을 통째로 깨문 것처럼 정신이 번쩍 들었다.

주 검사가 미키를 만난 건 올 초였다. 마약 수사의 일인자로 소문난 주 검사에게 가장 골치 아픈 일이 국내조직과 해외조직과의 커넥션이었다. 생산지인 남미와 동남아, 그리고 최대시장이면서 유통지인 미국, 거기에 일본과 우리나라까지. 전 세계가 마약 조직들 간의 커넥션으로 엮여있었고 그들 간의 복잡한 루트를 따라 천문학적인 돈이 오갔다.

국내 조직을 소탕한다고 해도 그건 이파리 몇 개를 뜯어내는 것에 불과했다. 뿌리와 줄기가 그대로인데 뜯긴 이파리 몇 개쯤은 시간이 지나면 금방 돌아날 일이었다. 줄기를 함께 끊어버리는 일이 중요했다.

올 초에 첩보가 들어왔다. 우리나라의 마약 조직들과 거래를 많이 하는 외국 마약 조직의 주요인물들이 제주도의 한 호텔에 드나든다는 소문이었다. 주 검사 역시 조직을 거느리는 사업가로 신분을 위장하고 카지노를 들락거리며 접촉을 시도했다. 그러던 중에 주 검사의 레이더망에 걸린 사람이 미키였다.

처음에는 카지노에서 잡담을 주고받는 사이로 지내다가 미키가 한국에 관심이 많다는 사실을 알아냈다. 주 검사는 바로 식사 약속을 잡고 제주도의 진미들을 먹여주었다. 미키가 한국말이 유창했던 덕에 쉽게 친해질 수 있었다. 주 검사는 비슷한 비즈니스를 하는 척하면서 미키를 안심시켰다. 그렇게 몇 가지 정보를 알아냈다.

미키는 10년 넘게 미국의 마약 조직에서 회계담당 업무를 맡아온 자였다. 뒤탈이 없기로 소문난 덕에 조직 보스의 신임이 두터웠다. 꼼꼼한 성격의 미키는 10년 동안 자신이 세탁한 검은돈의 거래내역을 모두 기록해두고 있었다. 어느 조직의 누구에게서 어느 조직의 누구에게로 얼마의 돈이 흘러들어 갔는지. 주 검사는 미키가 핵폭탄의 뇌관임을 알아차렸다.

주 검사는 미키의 마음을 사는 데 성공했다. 미키는 한국과 관련한 꿈을 들려주었다. 할 수만 있다면 검은돈 비즈니스를 그만두고 한국에서 제2의 삶을 살고 싶다는 꿈이었다. 주 검사가 자신의 신분을 밝힌 것은 그다음이었다.

−당신의 꿈을 이뤄줄 수 있습니다. 당신이 갖고 있는 장부를 넘겨주는 대가로요. 미국 쪽 조직과 한국 조직들이 거래한 내역이 필요합니다. 장부만 넘겨주면 당신이 한국에서 살 집, 노후를 보낼만한 수입, 새로운 신분증까지 제공해주겠소.

미키가 갖고 있는 거래 내역은 돈으로 환산할 수 없는 가치를 지니고 있었다. 한국의 마약 조직을 발본색원하는 것은 물론이고 연계되어 있는 미국 조직의 거래선까지 확보함으로써 미국 쪽의 수사팀과도 연계가 가능했다. 미키는 망설였다. 주 검사는 자신의 직통번호를 건네주었다. 생각을 해보겠다며 미국으로 돌아간 미키는 몇 달 동안 연락이 없었다.

그동안 주 검사는 미키의 조직과 연관되어 있을 만한 국내 조직에 대한 수사를 찬찬히 진행시켰다. 그러나 수사만으로 한계가 있었다. 확실한 자료가 필요했다. 미키가 갖고 있는 10년 동안의 완벽한 거래내역 같은.

미키에게 연락이 온 것은 열흘 전이었다. 놀랍게도 그는 서울에 들어와 있었다. 공중전화에서 전화를 건 그의 목소리는 겁에 질려 있었다.

—저의 심경 변화를 조직에서 눈치챈 것 같아요. 일단 서울에 들어오긴 했는데 당분간 몸을 피해 있겠습니다.

—지금 어딥니까? 저희 검찰이 안전을 보장해주겠습니다.

—당신네 검찰에 이용만 당하고 버려질지 어떻게 압니까? 그럼 전 사자 우리에 던져진 노예처럼 갈기갈기 물어 뜯겨 죽을 겁니다. 당신이 일을 얼마나 열심히 하는지는 알겠지만 당신이 내 신변을 끝까지 책임져줄 거라는 믿음에 대해서는 아직 잘 모르겠어요. 결심이 서면 그때 다시 연락하겠습니다.

그 전화가 마지막이었다. 주 검사는 비상팀을 가동시켰다. 미키의 신원확보에 총력을 기울었다. 그러면서 결국 미키에게 또 연락이 올 것임을 확신했다. 그렇지 않을 거라면 아예 한국에 들어오지도 않았을 테니까. 그의 확신대로 지금, 화창한 토요일 낮에 전화가 걸려온 것이다.

"결심이 섰나요?" 주 검사가 흥분을 가라앉히고 물었다.

"한국에서의 여생을 보장해주겠다는 약속 유효합니까?"

"당신이 말한 장부만 넘겨 준다면요."

"어떻게 책임질 겁니까?"

"당장 당신의 신변보호가 우선입니다. 지금 어디에 계십니까?"

"하얏트 호텔입니다."

"제가 갈 때까지 방에서 나오지 말고 계십시오. 몇 호실이지요?"

"1104호입니다."

"한 시간 안에 뵙겠습니다."

주 검사는 전화를 끊자마자 주차장 구석에 있는 쓰레기차로 달려갔다. 쓰레기봉투를 던져 넣고 음식물 쓰레기를 붓고 집으로 달렸다. 숨까지 헐떡이며 뛰어들어온 그를 보며 아내는 피식 웃었다.

"아침부터 배고프다고 그렇게 난리 치더니. 조금만 기다려요. 준비 다 끝났어요."

"미안해 자기야. 나 지금 바로 가봐야 할 데가 있어. 그때 얘기한 적 있지 않나? 미키라는 녀석. 지금 나타났어."

"미키요?"

"나중에 설명해줄게."

주 검사는 카우보이가 총을 낚아채듯 지갑과 자동차 열쇠를 챙겨 들었다.

"아빠가 갑자기 나가서 미안해!"

식탁에 앉아있는 아이 둘의 이마에 입을 맞추고는 집을 빠져나갔다.

미키는 로미와 함께 엘리베이터 앞에 섰다. 주 검사와 통화를 마치고 몇 번이나 크게 심호흡을 했다. 이제 돌이킬 수 없는 강을 건넜다. 로미는 아까부터 잔뜩 긴장한 미키의 표정을 조심스럽게 살피고 있었다.

"괜찮아요?"

"괜찮아. 내일도 모레도 너와 함께 있을 거야."

엘리베이터를 타자마자 로미는 미키의 품에 와락 안겼다.

"꿈이 아니겠죠? 오늘이 지나면 당신이 꼭 사라질 것만 같아요."

"사라지진 않을걸? 총에 맞을지는 몰라도."

"누가 당신을 쏜다면 내가 대신 맞고 싶어요."

"우리 인생에 행운과 불행의 양이 정해져 있다면 내 인생에서는 이미 불행이 다 찾아왔어. 이젠 행운만 남았을 거야."

"그건 나도 그래요."

둘은 잡은 손을 놓지 않고 들어갔다. 어젯밤 하얏트에서 가장 요란한 사랑을 노래했던 방으로.

제니는 안전장치를 푼 총을 가슴팍에 댄 자세로 문 옆에 서서 기다렸다. 카운트다운을 하는 심정이었다. 하염없는 정적 속에서 그녀는 수호를 생각하지 않으려고 애썼다. 어차피 가능성이 희박한 일이었잖아. 기대도 하지 않았으면서 왜 이렇게 실망한 거니?

밖에서 카드키를 대는 소리가 들리더니 문이 열렸다. 불청객의 존재를 모르는 두 남녀는 방에 들어오자마자 키스를 나누었다. 제니는 소음기가 달린 총구를 미키의 뒤통수에 겨누었다.

"멈춰."

미키는 얼음처럼 굳어버리고 로미는 비명을 지르며 주저앉았다. 제니는 차분한 목소리로 로미에게 지시했다.

"계속 소리 지르면 니 남자친구 뒤통수에 총알이 박혀."

상황을 파악한 로미는 자기 손으로 입을 막았다. 제니는 미키와 로미 둘 다 등을 돌린 채 꿇어앉도록 하고 손과 발에 플라스틱 수갑을 채웠다. 제니는 미키의 미간에 소음기 총구를 갖다 댔다. 미키가 떨리는 목소리로 말했다.

"이 여자는 아무 상관도 없어. 여자는 해치지 마."

"그건 좀 더 생각해봐야겠어. 보스한테 얘기 들었어. 빼돌렸다는 자료는 어디 있나?"

미키는 입을 열지 않았다. 제니는 미키의 오른쪽 허벅지를 총구로 눌렀다.

"다섯까지 셀게. 하나. 둘. 셋."

"거기! 거기에 있어."

"거기라니?"

"오른쪽 바지 주머니에."

제니는 무표정한 얼굴로 미키의 오른쪽 바지 주머니를 뒤졌다. 검은

색의 평범한 USB가 나왔다. 제니는 아이패드에 USB를 꽂아 안의 내용을 확인했다. 제니는 고개를 끄덕이며 말했다.

"고통스럽지 않게 한 번에 보내줄게."

총구가 얼굴 앞에 다가오자 미키는 눈을 감았다. 그는 차분하게 주기도문을 외우기 시작했다. 제니의 손가락이 방아쇠를 지그시 당기려고 할 때 로미가 무릎으로 기어 나오면서 외쳤다.

"잠깐만요! 쏘지 말아요. 제 말 좀 들어보세요."

로미의 영어는 서툴렀지만 무슨 말을 하려는 지는 제니도 이해가 갔다. 로미는 계속해서 절박한 외침을 쏟아냈다.

"저 이 사람의 아기를 가졌어요. 제발 쏘지 말아요. 아빠 없는 아기를 키우긴 싫어요. 당신도 여자잖아요."

아빠라는 단어에 제니의 손가락이 방아쇠에서 떨어졌다. 그녀는 로미의 눈을 보았다. 눈물이 그렁그렁했다. 로미는 고개를 흔들며 애원했다.

"차라리 저를 쏘세요. 제발요. 제발……

로미는 기를 쓰고 몸을 움직여서 미키의 앞을 막았다. 그 순간 제니의 머리에 종이 울렸다. 아빠의 목소리가 들렸다. 제니야. 너무 멀리 왔구나.

제니는 천천히 총을 내렸다. 잠시 숨을 골랐다.

"로미야. 괜찮아. 나는 괜찮아. 울지 마." 미키는 한국말로 로미를 달랬다.

제니는 테이블 위에 총을 내려놓았다. 덕 테이프로 미키와 로미의 입을 막았다. 그리고 나지막이 말했다.

"애를 위해서라도 다른 삶을 사는 게 좋을 거야. 다음에 또 내 눈에 띄면 그땐 카운트다운 없이 방아쇠를 당길 테니까."

제니는 총과 테이프를 백팩에 넣고 방을 나갔다. 옆방으로 돌아갈 필요가 없었다. 이미 짐을 로비에 내려놓았으니까.

그녀는 바로 엘리베이터를 탔다. 한층 한층 내려갈 때마다 마음이 진정되는 기분이었다. 종교적인 체험과도 같았다. 그녀는 깨달았다. 이제 더 이상 이 길을 갈 수는 없다. 이제 다시는 누군가에게 총구를 겨눌 일은 없을 것이다.

엘리베이터가 1층에 도착해 문이 열렸다. 제니는 내리고 주 검사와 수사관 두 명은 엘리베이터에 탔다. 물론 양쪽은 서로를 알아보지 못했다.

제니는 맡겨놓은 짐을 찾아 로비를 나섰다. 도어맨이 잡아주는 택시에 올라탈 때까지, 그녀의 행동에는 한 치의 망설임도 없었다.

"이태원 해밀턴 호텔 앞이요."

제니가 목적지를 말하는 동시에 핸드폰이 울렸다. 곧 총과 함께 한국의 조직원에게 돌려줄 물건이었는데. 제니는 잠시 고민하다가 액정을 확인했다. 수호의 전화번호가 찍혀 있었다. 해탈의 경지에 이른 사람처럼 차분하게 가라앉았던 마음에 번개가 내리꽂혔다. 전화를 받았다. 그녀가 아무 말도 못하고 있자 수호가 먼저 입을 뗐다.

"헬로우? 제니?"

"응."

"전화 안 받을까 봐 걱정했어."

"그럴 뻔했어. 지금 막 호텔에서 나왔거든."

"돌아가려고?"

"응."

"비행기 시간이 언제야?"

"아직 표는 안 끊었어. 공항에 가면서 제일 빠른 표를 살 생각이었어."

"그럼 저녁 먹고 밤 비행기를 타는 건 어때?"

수호의 제안에 제니는 목이 메었다. 금방이라도 눈물이 날 것 같은 기분을 애써 눌렀다. 그녀가 대답을 못 하고 있자 수호가 다시 말했다. 중요한 이야기를 할 때 그가 늘 그러하듯 보통 때보다 더 낮고 느린 음성이었다.

"너도 약속을 지켰잖아. 나도 약속을 지키고 싶어서."

"무슨 말인지 모르겠어."

"공항에서 찍은 사진 말이야. 다시 만날 때 갖다 주겠다는 약속을 지켰잖아. 기억나니? 니가 한국에 오면 내가 널 꼭 데려가겠다던..."

"이태원의 바다식당. 존슨탕." 제니가 말을 끊고 들어왔다.

"나 너 때문에 5년 동안 존슨탕 안 먹고 참았단 말이야."

그러면서 수호가 웃었다. 5년 만에 처음 듣는 그의 웃음소리였다. 좁은 침대에 나란히 누워 그의 웃음소리를 들으면 얼마나 행복했던가.

제니는 옛 기억을 떠올리며 눈을 감았다. 겨우 막고 있던 눈물이 한줄기 톡 떨어져 내렸다.

"거기서 봐." 수호가 말했다.

"그래. 거기에 있을게." 제니가 대답했다.

그녀는 전화를 끊고 택시기사에게 바뀐 목적지를 말해주었다. 남산의 푸른 나무들이 터널처럼 둘러싼 길을 보며 생각했다. 어쩌면 이 길을 자주 다니게 될지도 모르겠다고.

같은 시간, 주 검사와 수사관들은 1104호 문을 연거푸 두드리는 중이었다.

"미키! 안에 누구 있어요? 미키! 미키!!"

미키가 묵고 있다고 알려준 방이었는데 안에서 대답이 없었다. 귀를 기울여보면 뭔가 낑낑대는 소리가 들리기도 했다.

"직원 불러와."

주 검사가 젊은 수사관에게 지시했다. 잠시 후 수사관이 데리고 온 호텔 직원이 마스터키로 방문을 열었다. 권총을 빼 든 수사관 둘이 열린 방문으로 총구를 앞세워 들어갔다. 손과 발이 묶이고 입까지 막힌 미키와 로미가 누에고치처럼 바닥에 엎드려 있었다.

"미키!" 주 검사가 소리쳤다.

테이프를 떼고 플라스틱 수갑을 잘라주자 로미는 안도의 눈물을

흘렸다. 미키는 숨을 헐떡이며 주 검사에게 방금 일어난 일을 설명해 주었다.

"일단 안전한 곳으로 옮기는 게 우선입니다." 주 검사는 수사관들과 함께 미키와 로미를 데리고 방을 나왔다.

"무서워요."

로미는 떨림을 감추지 못하고 미키의 팔에 꼭 붙어서 움직였다.

"괜찮아. 어딜 가든 함께 있을 거야." 미키가 로미의 손을 다독여주었다.

"부탁드린 자료는요?" 주검사가 미키에게 물었다.

미키는 아까 제니에게 건네준 것과 똑같이 생긴 USB를 왼쪽 바지 주머니에서 꺼내 주었다. 아까 분명히 제니가 USB를 갖고 가는 장면을 목격한 로미가 눈을 크게 떴다. 미키가 한쪽 눈을 찡긋하며 말했다.

"이 바닥에서 일하려면 항상 목숨줄을 예비로 챙겨둬야 해."

그들은 엘리베이터 안으로 사라졌다. 복도 카펫에 내려앉은 초가을 오후의 햇살이 따스해 보였다.

신랑 신부의 사진이 큼직하게 인쇄된 현수막이 선상레스토랑 프라디아에 깃발처럼 걸려있었다. 강바람에 현수막이 나부끼면서 환하게 웃는 남녀의 얼굴이 살아 움직이는 것처럼 보였다. 막 식사를 하고 사진 촬영까지 마친 양희가 현수막 아래 입구로 나왔다. 전형적인 투피스 정장 결혼식 복장을 한 양희는 한껏 바람을 마셨다가 내쉬었다.

“여기 나쁘지 않네. 나도 다음에 여기서 할까?”

이미 한 번 다녀온 친구 주영이가 양희를 따라 나오며 넉살 좋게 한마디 했다.

“너는 이혼 도장 찍은 지 일 년도 안 됐다면서 또 결혼하고 싶니?” 양희가 핀잔을 줘도 주영이는 아랑곳하지 않았다.

“야야. 마 뜨면 안 돼. 한 살이라도 어릴 때 바로 시집가야지. 나는 결혼이 싫어서 쫑낸 게 아냐. 그 또라이 같은 새끼 때문이지. 그런 놈하고도 3년을 살았으니 누구랑 살아도 잘 살 자신 있어. 넌 요즘 어때? 만나는 남자 있니?”

주영의 말에 양희는 가타부타 대답을 하지 않았다. 그녀는 잠시 혼자 있고 싶다는 식의 한숨을 길게 토해내고는 강변으로 걸음을 옮겼다. 자전거 도로를 가로질러 계단을 내려가서 강물 바로 앞에 섰다.

노을 직전의 햇살이 반짝이는 한강 건너 하얏트 호텔이 보였다. 양희는 호텔을 응시하다가 며칠 전의 기억을 떠올렸다. 태인과의 관계를 정리한 날, 그녀는 오랜 친구로부터 고백 아닌 고백을 받았다. 나도 그렇다고, 나도 오래전부터 너를 특별하게 생각했노라고 답했다면 그는 지금 ‘만나는 남자’로 곁에 있을까?

그녀는 상상해보았다. 턱시도를 입은 수호와 웨딩드레스를 입은 자신이 나란히 서 있는 장면을. 지금까지 만난 어떤 남자친구보다도 결혼식 장면에 더 잘 어울렸다. 더는 주저하기 싫었다. 핸드폰을 꺼내 수호의 번호를 찾았다. 며칠 전에는 끝내 누르지 못했던 핸드폰 버튼을 눌렀다. 통화 연결음이 족히 열 번은 지나갔다. 그녀가 통화를 막 포기하려고 하는데 수호가 전화를 받았다.

“어 양희야.” 수호는 밖에 있는 모양이다. 주변의 소음이 고스란히 들렸다.

“어디야?”

“바다 식당. 좀 이른 저녁 먹으려고 왔어.”

양희의 얼굴에 미소가 지어졌다. 오래전에 수호와 가봤던 식당이었다. 존슨탕에 소주 한 병씩을 나눠 먹고 이태원의 펍에서 맥주로 마무리했었던 데이트 아닌 데이트가 기억났다. 양희는 좀처럼 용건을 꺼내기가 힘들어 필요 없는 이야기를 했다.

“오늘 저녁 메뉴는 존슨탕이구나.”

“응. 무슨 일이야?”

“며칠 동안 계속 생각나더라. 월요일 밤에 니가 했던 말.”

“어. 너 괴로우라고 한 말은 아닌데.”

“아니야. 괴롭지 않았어. 행복했어. 내가 그래도 친구 복은 있는 여자구나, 싶었어.”

“고맙네.”

“고맙다니?”

“누군가에게 복이 된다는 건 좋은 일이잖아.”

수호 특유의 긍정적인 대답에 양희는 고개를 끄덕였다. 그녀는 아랫입술을 잠시 깨물었다가 뗐다. 하얏트 호텔에게 말을 거는 양 호텔에 시선을 고정한 채 물었다.

"수호야. 우리 진지하게 만나볼까?"

수호는 잠시 말이 없었다. 양희가 되물었다.

"갑작스럽니? 내가 너무 성급했니?"

"아니. 반대야. 너무 늦었어."

그 말에 양희는 눈을 감았다. 수호는 성격처럼 친절하게 설명까지 해주었다.

"내가 얘기한 적 있지? 미국에서 만났다는 친구 말이야. 그 아이가 다시 찾아왔어. 시작만 하고 멈춰버렸던 연애를 다시 해보려고."

수호의 목소리는 오랜만에 들떠 있었다. 수호가 이렇게까지 기분 좋았던 적이 언제였는지 떠올려보았으나 기억이 나지 않았다. 양희는 그랬구나, 속으로 말하고 침묵을 지켰다.

"양희야. 듣고 있니?"

"응. 하나만 물어볼게. 만약에 내가 월요일 밤에 사귀자고 했다면 어땠을까?"

수호는 잠시 생각하더니 대답했다.

"그랬다면 나는 예스라고 했을 거야."

"그 뒤에 옛사랑을 만났다면?"

“내 마음을 눌렀겠지. 이미 너와 만나기로 했으니까. 그런데 너도 알잖니. 인생에는 가정법이 필요 없다는 걸.”

“영어 선생님이 아니어서 잘 모르겠어.”

그 말에 수호가 소리 내어 웃었다. 양희는 명치 안쪽이 쓰렸다. 고통을 숨기고 애써 명랑하게 말했다.

“저녁 맛있게 먹어.”

“양희야. 우리 계속 친구로 지내는 거지?”

“그래.” 양희는 뒤의 말은 속으로만 삭였다. 우리 인연이 언제까지 엇갈리는지 두고 보자.

전화를 끊고 다시 프라디아로 올라왔다. 결혼식을 마치고 웨딩카에 타는 신랑 신부의 모습이 눈에 들어왔다.

“행복해. 너는 그럴 자격 있어.”

양희는 친구에게 하는 말인지 수호에게 하는 말인지 모를 말을 중얼거렸다. 외로움이 낙석처럼 와르르 그녀를 덮쳤다. 그때 그녀의 핸드폰 액정에 이름이 저장되어 있지 않은 번호가 떴다. 5일 전에 전화번호부에서 지워버린 번호였다. 지워지기 전에 그 번호의 주인은 ‘태인 오빠’였다.

반가운 마음과 두려운 마음이 동시에 밀려들었다.

하느님. 저는 어떻게 해야 하나요?

양희는 하늘을 쳐다보았다. 막막하도록 파랗다. 답은 어느 구석에서도 보이지 않는다.

"어머!"

서툰 솜씨로 자전거를 타던 아줌마가 양희에게 부딪힐 뻔하며 지나갔다. 그 바람에 양희의 손에서 핸드폰이 떨어졌다. 그녀는 놀란 가슴을 잠시 쓸어내리고 발 근처를 두리번거렸다. 뒤집어진 핸드폰 등이 보였다. 양희는 한참 망설이다가 집어 들었다. 두툼한 케이스 덕분인지, 아스팔트 바닥에 떨어진 핸드폰 액정은 깨지지 않았다. 그 사이 문자가 와 있었다. 양희는 떨리는 손으로 문자를 확인했다.

-보고 싶다. 부담스럽다면 친구 사이로라도 지냈으면 해. 커피 한 잔만 허락해줘.

양희는 답장을 해야 할지 말아야 할지, 답장을 쓴다면 뭐라고 써야 할지 판단이 서지 않았다. 그러다가 다시 태인에게 전화가 걸려왔다.

불쌍한 사람. 얼마나 힘들까. 내가 얼마나 보고플까. 나밖에 몰랐던 남자.

함께 했던 추억들이 강바람처럼 스쳤다. 아파서, 안타까워서 더 진실하고 소중했던 사랑이었다. 끝까지 그녀를 놓지 못하던 태인의 마지막 모습을 떠올리자 눈시울이 축축해졌다. 손에 든 전화기에서는 지워도 지워지지 않는 11개의 숫자가 그녀의 선택을 재촉하고 있었다.

받아. 받지 마. 울지 마.

일요일. 라운지. 재익.

　재익은 체크아웃을 하기 전에 잠시 라운지에 앉았다. 방송 때문에 해외출장을 갔던 때를 제외하면 한 호텔에서 일주일을 지낸 적은 처음이었다. 국내 호텔에서 며칠씩 지낸 일은 더더욱 없었다. 바로 강 건너에 집을 놔두고 굳이 하얏트 호텔에서 일주일이나 지낸 이유는 책 때문이었다. 제목부터가 〈하얏트에서 일주일을〉인 특별한 책.

　몇 달 전이었다. 출판사 〈가쎄〉의 김남지 대표가 전화를 걸어왔다. 가쎄는 2년 전부터 매년 겨울에 한 권씩 〈노벰버 레인〉과 〈오페라 소녀〉를 차례로 출간했던 출판사였다. 오랜만의 통화라 반갑게 전화를 받았다. 그녀는 차나 한잔 마시자고 해놓고선 약속 장소를 바로 이곳 하얏트 라운지로 잡았다.

며칠 뒤 여기서 그녀를 만나자마자 물었다.

—굳이 남산 중턱까지 사람을 불러낸 이유가 뭡니까?

—꼭 여기서 할 이야기가 있어서 그래요.

—궁금해 죽겠으니까 본론부터 얘기해 봐요.

—우리 출판사에서 내는 책 중에 일주일 시리즈가 있어요.

—일주일?

—특정 장소에서 일주일을 지낸 경험을 사진과 함께 기록한 일종의 여행기에요. 작은 파리에서 일주일을, 에든버러에서 일주일을, 오키나와에서 일주일을, 뭐 이런 식이에요. 벌써 몇 권이 나와 있고요.

—아아. 그때 얘기했었잖아요.

〈오페라 소녀〉를 출간할 때쯤이었으니 1년 전이었다. 그때도 김남지 대표는 일주일 시리즈를 소개하면서 한 편 맡아볼 생각이 있냐고 물었다. 비용은 모두 출판사에서 부담한다면서. 비틀즈의 도시 리버풀을 제안했던가? 깊이 생각하지 않고 거절했었다. 소설가이기도 하지만 방송국 PD로 일하는 터라 방송국에 일주일씩 휴가를 내는 것도 쉽지 않았다. 게다가 여행기를 좋아하지 않는 취향도 망설이지 않고 거절하는 데 한몫했다. 여름휴가를 다녀온 곳에 대해 쓰면 어떠냐고 김대표가 에둘러 제안했지만 그조차도 거절했었다. 휴가는 휴가로 즐기고 싶어서였다.

-힘들다고 말씀드렸을 텐데. 기억 안 나세요?

-알아요. 이번엔 달라요. 여행을 갈 필요도 없고 여행기가 아니어도 괜찮아요.

-네? 그럼 무슨 내용으로 1주일을 씁니까?

-하얏트요.

-하얏트? 여기 하얏트 호텔이요?

-네. 하얏트에서 일주일을. 어때요?

그제야 재익은 굳이 여기까지 그를 불러낸 이유를 알아차렸다. 하얏트에서 일주일을. 제목은 괜찮네.

-일종의 호텔 체험기인가요?

-뭐든 좋아요. 이곳에서 1주일을 지내면서 쓴 글이라면 뭐든지 좋아요.

이번에는 제안을 쉽게 거절하기 힘들었다. 뭔가 직감적으로 훅 당기는 아이템이 있다. 조금만 더 생각해보면 그림이 나올 것 같은.

며칠 동안 저녁마다 집 앞 한강시민공원에 일부러 산책하러 나갔다. 강 건너 남산에 반짝이며 서 있는 하얏트 호텔을 보면서 이런저런 생각의 숲을 떠돌았다.

결론은 소설이었다. 그는 소설가니까. 그런데 하얏트에서 일주일을 지내면서 쓰는 소설이라면 최소한 무대 정도쯤은 하얏트 호텔이어야 하지 않을까 하는 생각이 들었다. 며칠 뒤에 김남지 대표와 통화를 했다.

─좋아요. 할게요. 하얏트에서 일주일을.

─고마워요. 멋진 작품 기대할게요.

─대신 조건이 있어요. 하얏트 호텔에 추억이 있는 사람들 사연을 모아줘요.

─네? 그걸 어떻게요?

─호텔 측과 프로모션으로 조인을 하면 어떨까요? 요즘 홈페이지로 예약을 많이 하니까 홈페이지 한쪽에 이벤트를 걸고 사연을 응모 받으면 되잖아요.

─호텔 홍보팀하고 상의해볼게요. 자기 호텔을 무대로 하는 책이 나온다면, 호텔 쪽에서도 싫어하진 않겠네요. 손님들에게도 특별한 추억이 될 테고. 좋은 아이디어!

─사연이 모이면 전해주세요.

─오케이!

두 달쯤 지났을까? 그녀에게서 이메일이 왔다. 호텔과 함께 한 이벤트를 통해 한 달간 모은 백 개가 넘는 사연을 한글 파일로 정리해서 보내준 것이었다.

행복했던 가족 여행, 신혼여행 전날 밤의 에피소드, 친구들과의 파자마 파티, 지방에서 서울로 출장을 와서 생긴 일 등등 다채로운 이야기가 파닥거렸다. 어느 놈을 잡아 횟감으로 쓸지 망설여졌다. 영어로도 이벤트를 걸었는지 외국인이 보낸 사연들도 적지 않았다.

시간을 두고 찬찬히 읽어보았다. 그중에서 열 편을 추리고 그중에서 또 일곱 편을 추렸다. 일주일이니까.

구성을 고민하다 보니 월화수목금, 다섯 개의 사연이 서로 이어지도록 옴니버스식으로 틀을 짜는 아이디어가 떠올랐다. 다섯 개의 사연이면 충분할 듯싶었다. 토요일은 다섯 개 사연의 주인공들이 모두 등장하는 하루로. 마지막 일요일은 작가의 말로 대신하면 딱 떨어지겠다 싶었다.

최종적으로 남은 다섯 개의 고객 사연은 다음과 같았다. 여러 번의 사랑에 실패한 후 사실은 오랜 친구를 사랑하고 있었음을 깨달은 여자의 이야기. 카사노바처럼 여자를 유혹하는 취미를 가진 유부남이 오히려 아내에게 배신당하는 이야기. 마약 조직의 조직원이 일 때문에 한국을 찾았다가 첫사랑과 만나는 이야기. 90년대 하얏트의 문화를 겪은 중년 여자의 추억담. 하얏트에서 사랑을 찾은 트랜스젠더의 이야기.

각각의 사연에는 하얏트와 관련한 에피소드는 물론이고 사연의 주인공들이 살아온 삶의 흔적이 고스란히 묻어 있었다. 놀랍게도 다섯 명의 인물은 실제로 연관이 있는 사람들처럼, 한데 묶어도 전혀 이상해 보이지 않았다.

소설을 쓰다 보면 가끔 그런 체험을 할 때가 있다. 소설의 캐릭터들이 살아 움직이면서 서로 관계를 맺고 이야기를 만들어내는 것을 목격하는 체험. 소설가는 그 목격담을 기록하면 된다. 이번이 그랬다.

얼개를 다 짠 뒤 하얏트에서 일주일을 지내며 소설을 썼다. 방송국에서 일을 마치고 하얏트로 퇴근해서 저녁에 글을 쓰고 다음 날 아침 하얏트에서 방송국으로 출근하는 식이었다. 답답할 때면 이태원에 나가 맥주도 한잔 하고 혼자 남산을 드라이브하고 돌아오기도 했다.

일곱 개의 이야기 중 두 편은 다른 작가의 힘을 빌렸다. 혼자서는 끝까지 잘 안 풀리는 에피소드 두 편을 다음 소설을 같이 집필하고 있는 지연 작가에게 부탁했다. 갑작스러운 부탁에도 그녀는 흔쾌히 맛깔스러운 이야기 두 개를 써주었다. 재익이 잘 알지 못하는, 여자들이 하얏트를 보는 정서도 잘 표현해주었다. 일곱 편의 이야기 중에서 지연 작가가 쓴 두 편이 어떤 것들인지 맞춰보시라.

하여튼, 그렇게 해서 하얏트에서 일주일을 지내며 쓴 특이한 소설을 완성했다. 재익은 조금 전에 토요일 편을 마무리하고 지금 여기 라운지로 내려와서 작가의 말 격인 일요일 편을 쓰고 있다.

배가 고프다. 술도 고프다. 친구를 불러내서 이태원 바다식당에서 존슨탕에 소주 한잔 하고프다. 이모네집 감자탕이 더 나으려나?

다시 말하지만 이 책은 소설이다. 어쩌면 지금 그가 쓰고 있는 이 글, 작가의 말조차 소설의 일부일 수도 있다. 현실 세계에서 그는 위선과 거짓말을 싫어하지만 종이 위에서는 다르다. 무릇 소설가란 거짓말을 해서 밥을 벌어먹는 사람이다. 열댓 권의 소설책을 낸 그는 얼마나 대단한 거짓말쟁이겠는가?

이 책에는 각각의 인물들 이야기가 완결되어 있지 않다. 미키와 로미는 여전히 함께인지, 애라와 주 검사님은 지금도 행복한 가정을 꾸리고 계신지, 제니는 정말 미국의 삶을 정리하고 한국에 정착해 수호와 만나고 있는지, 태인과 그의 아내는 그러고도 이혼을 안 했는지, 양희는 아직도 태인에게서 못 헤어나고 있는지, 이 책에는 나와 있지 않다.

아, 물론 재익은 알고 있다. 누군가는 해피엔딩이고 누군가는 그렇지 못하다. 독자들에게 말해주고 싶어 입이 근질거리지만, 아니다. 하얏트에서의 일주일은 여기서 마무리함이 옳다. 호텔이라는 곳이 그렇지 않은가. 하루 아니면 며칠을 머무르는 곳이 호텔이다. 이야기가 끝날 때까지 호텔에 머무를 수는 없다. 이제 체크아웃을 할 시간이다.

18권의 책을 내면서 언제나 똑같은 마지막 문장으로 작가의 말을 마쳤으니 그는 이번에도 그럴 참이다.

더 재미있는 이야기와 함께 돌아올게요.

하얏트에서 일주일을, 마칩니다